Ernest Hemingway

Vier Stories aus dem spanischen Bürgerkrieg

Deutsch von
Richard K. Flesch und
Harry Rowohlt

Rowohlt

Die hier erstmals in deutscher Übersetzung vorgelegten vier Erzählungen aus dem spanischen Bürgerkrieg, vom Autor 1938 und 1939 für die Zeitschriften *Esquire* und *Cosmopolitan* geschrieben, wurden 1969 in dem bei Charles Scribner's Sons, New York, erschienenen Band *«The Fifth Column and Four Stories of the Spanish Civil War»* zum erstenmal in Buchform veröffentlicht
Weitere bibliographische Hinweise am Schluß des Bandes
Schutzumschlag- und Einbandentwurf von Werner Rebhuhn
Richard K. Flesch übersetzte die Erzählungen «Die Denunziation», «Der Schmetterling und der Tank» und «Hinter der Front»,
Harry Rowohlt die Erzählung «Der Abend vor der Schlacht»

1. Auflage März 1979

Gesetzt aus der Garamond Antiqua
Gesamtherstellung Clausen & Bosse, Leck
Printed in Germany
ISBN 3 498 02847 2

Inhalt

Die Denunziation

Chicotes Bar in Madrid war vor dem Krieg ein Lokal, na, wie der Stork Club, nur ohne die Musik und die Debütantinnen, oder wie die Herrenbar im Waldorf Astoria, wenn sie Mädchen reinließen. Ach, sie kamen schon rein, aber eigentlich hatten sie da nichts verloren. Pedro Chicote war der Eigentümer, und er war eine von diesen Persönlichkeiten, die etwas aus einem Lokal machen können. Er war ein großartiger Barkeeper, und er war immer liebenswürdig, immer vergnügt, und er war mit Schwung dabei. Also, das findet man selten, und bei den meisten Menschen hält es nicht lange vor. Man darf es nicht mit Effekthascherei verwechseln. Chicote *war* einfach so; es war echt, nicht aufgesetzt. Er war auch bescheiden, unkompliziert und freundlich. Er war wirklich so nett und sympathisch und zugleich so wunderbar gewandt wie George, der *chasseur* in der Bar des Ritz in Paris, und das ist so ungefähr der schmeichelhafteste Vergleich, den man jemand gegenüber, der sich da auskennt, ziehen kann. Seine Bar war erstklassig.

In jenen Tagen hockten die Snobs unter den

reichen jungen Männern von Madrid immer in einem Lokal, das sich Nuevo Club nannte, und wer ein rechter Kerl war, der ging zu Chicote. Eine Menge Leute, die ich nicht mochte, gingen auch hin, genau wie, na, in den Stork Club, aber wann immer ich in Chicotes Bar gewesen bin, hat es mir dort gefallen. Ein Grund dafür war, daß dort keine politischen Gespräche geführt wurden. Es gab Cafés, da ging man hin, wenn man politisieren wollte und sonst gar nichts; aber bei Chicote redete man nicht über Politik. Man redete über die anderen fünf Themen, und nicht zu knapp, und abends tauchten die hübschesten Mädchen der Stadt dort auf; es war *die* Bar, um einen Abend zu beginnen, und wir alle hatten schon einige besonders nette hier begonnen.

Es war auch das Lokal, wo man hineinschaute, um herauszufinden, wer gerade in der Stadt war, oder wo die steckten, die nicht in der Stadt waren. Und wenn es Sommer war, und niemand war in der Stadt, konnte man trotzdem dort sitzen und seinen Drink genießen, denn die Kellner waren alle nett.

Es war so etwas wie ein Club, bloß brauchte man keine Beiträge zu zahlen, und man konnte dort ein Mädchen aufgabeln. Es war ganz gewiß die beste Bar in Spanien und für meinen Begriff eine der besten in der Welt, und wir alle, die wir dort ein und aus gingen, mochten sie sehr.

Hinzu kam, daß die Drinks wundervoll waren. Wenn man einen Martini bestellte, dann wurde er mit dem besten Gin gemacht, der für Geld zu haben war, und Chicote führte einen Whisky, den er faßweise aus Schottland bezog und der so viel besser war als alle die bekannten Marken, daß ordinärer Scotch einfach nicht damit zu vergleichen war. Ja, und als dann der Putsch losging, da war Chicote gerade in San Sebastián und kümmerte sich um das Sommerlokal, das er dort hatte. Er kümmert sich immer noch darum, und es soll die beste Bar im von Franco besetzten Teil Spaniens sein, heißt es. Die Kellner haben die Bar in Madrid übernommen und führen sie weiter, aber mit den wundervollen Drinks ist es vorbei.

Die meisten von Chicotes alten Stammgästen sind auf der Seite Francos, aber ein paar von ihnen halten zur Regierung. Weil es ein sehr fröhliches Lokal war, weil wirklich fröhliche Menschen gewöhnlich besonders tapfer sind und die Tapfersten zuerst fallen, darum ist ein großer Teil der alten Stammgäste jetzt tot. Das letzte Whiskyfaß ist seit Monaten leer, und den Rest von dem gelben Gin haben wir im Mai 1938 ausgetrunken. Es gibt nicht mehr viel, wofür hinzugehen sich lohnt, und wenn Luis Delgado ein bißchen später nach Madrid gekommen wäre, dann wäre er vielleicht gar nicht hingegangen und nicht in die Klemme geraten. Aber als er im November 1937 nach Madrid kam, da hatten sie noch von dem gelben Gin, und sie hatten noch Tonic-Water. Beides ist es eigentlich nicht wert, daß man sein Leben dafür aufs Spiel setzt; vielleicht hatte er nur Lust auf einen Drink in seiner alten Pinte. Wenn man ihn kannte, und wenn man die Bar kannte, wie sie damals war, war das nur zu verständlich.

An diesem Tag hatte die Botschaft eine Kuh schlachten lassen, und der Pförtner hatte im Hotel Florida angerufen und gesagt, sie hätten zehn Pfund Fleisch für uns zurückgelegt. Ich ging durch die frühe Dämmerung des winterlichen Madrid hinüber, um es abzuholen. Zwei Sicherheitsposten saßen mit ihren Gewehren draußen vor der Botschaft auf Stühlen, und das Fleisch lag in der Pförtnerloge bereit.

Der Pförtner sagte, es sei sehr gut zerlegt, aber die Kuh sei mager gewesen. Ich bot ihm geröstete Sonnenblumenkerne und Eckern aus meiner Jakkentasche an, und wir standen eine Weile draußen vor seiner Loge auf dem Kies der Auffahrt und scherzten.

Ich ging zurück, quer durch die Stadt; das Fleisch zog schwer an meinem Arm. Oben an der Gran Vía schlugen Granaten ein, und ich kehrte bei Chicote ein, um abzuwarten, bis die Schießerei vorbei war. In der Bar war es voll und laut; ich setzte mich an einen kleinen Tisch in einer Ecke bei den mit Sandsäcken verbarrikadierten Fenstern, legte das Fleisch neben mich auf die Bank und trank einen Gin-Tonic. Es war in der Woche, in der wir entdeckten, daß sie noch Tonic-Water hatten. Seit Beginn des Krieges hatte niemand welches bestellt, und es kostete noch dasselbe wie vor dem Putsch. Es gab noch keine Abendzeitungen, deshalb kaufte ich einer alten Frau drei Partei-Traktätchen ab. Sie kosteten je zehn Centavos; ich gab ihr eine Peseta und sagte, sie solle den Rest behalten. Sie sagte, Gott werde mir's lohnen; ich bezweifelte dies, las aber die Broschüren und trank meinen Gin-Tonic.

Ein Kellner, den ich von früher kannte, kam an meinen Tisch und sagte etwas zu mir.

«Nein», sagte ich, «das glaube ich nicht.»

«Doch!» beharrte er. Kopf und Tablett wiesen in die gleiche Richtung. «Sehen Sie jetzt nicht hin. Da sitzt er.»

«Mich geht das nichts an», erklärte ich.

«Mich auch nicht.»

Er ging weg, und ich kaufte bei einer anderen alten Frau die Abendzeitungen, die gerade herausgekommen waren, und las sie. Was den Mann betraf, auf den mich der Kellner aufmerksam gemacht hatte, war kein Zweifel möglich. Wir kannten ihn beide sehr gut. Dieser Narr, war alles, was ich denken konnte. Dieser gottverdammte Narr!

In diesem Augenblick setzte sich ein griechischer Genosse an meinen Tisch. Er war Kompanieführer in der Fünfzehnten Brigade, und er war von einer

Fliegerbombe verschüttet worden, die vier andere das Leben gekostet hatte. Sie hatten ihn zur Beobachtung ins Lazarett geschickt und dann in eine Art Sanatorium.

«Wie geht's dir, John?» fragte ich. «Da – versuch das Zeug mal.»

«Wie nennen Sie diesen Drink, Mr. Emmunds?»

«Gin-Tonic.»

«Was ist das für ein Tonic?»

«Chinin. Versuch mal einen.»

«Wissen Sie, ich nicht trinke sehr viel, aber ist Chinin gut für Fieber. Ich versuche einen kleinen.»

«Was hat denn der Doktor gesagt, John?»

«Es ist keine Notwendigkeit, zu Doktor zu gehen. Ich bin in Ordnung. Nur ich habe Summen in Kopf immer.»

«Du mußt zu ihm gehen, John.»

«Ja, ja, ich gehe. Aber er nicht verstehen. Er sagt, ich keine . . . keine Einweisung.»

«Ich werde ihn mal anrufen», sagte ich. «Ich kenne da ein paar Leute. Ist der Doktor ein Deutscher?»

«Stimmt», sagte John, «ist ein Deutscher. Nicht spricht Englisch sehr gut.»

In diesem Augenblick kam der Kellner herüber. Er war ein alter Mann mit kahlem Kopf und sehr altmodischen Manieren, an denen der Krieg nichts geändert hatte. Er war sehr verstört.

«Ich habe einen Sohn an der Front», sagte er. «Ein anderer Sohn ist gefallen. Und jetzt das noch.»

«Dein Problem», sagte ich.

«Und Sie? Ihnen habe ich es nun schon gesagt.»

«Ich bin hier, um vor Tisch noch was zu trinken.»

«Und ich arbeite hier. Aber sagen Sie doch was.»

«Es ist dein Problem», sagte ich. «Ich bin kein Politiker . . . Verstehst du Spanisch, John?» fragte ich den griechischen Genossen.

«Nein. Wenige Wörter. Aber ich spreche Griechisch, Englisch und Arabisch. Arabisch gut, früher . . . Wissen Sie, wie ich verschüttet worden bin?»

«Nein. Ich weiß bloß, daß du verschüttet warst.»

Er sah gut aus. Er hatte ein hübsches dunkles Gesicht und sehr dunkle Hände, die ständig in Bewegung waren, wenn er sprach. Er sprach sehr eindringlich. Er stammte von einer der Inseln.

«Also ich erzähl Ihnen. Wissen Sie, ich habe sehr viel Erfahrung mit Krieg. Früher ich bin Hauptmann in griechische Armee. Ich bin guter Soldat. So wenn ich sehe Flugzeug kommen über dort, wo wir uns eingegraben, dort bei Fuentes del Ebro, ich sehe genau hin. Ich sehe Flugzeug kommen über uns, dann legt sich in Kurve, kommt so zurück –» seine Hände beschrieben die Kurve des Wendemanövers – «und schaut auf uns runter. Ich sage: ‹Aha, ist für den Generalstab. Ist Aufklärer. Bald kommen noch mehr.›

So wie ich sage, kommen noch mehr. So ich dagestanden und beobachtet. Ich beobachte scharf. Ich schaue hoch, erkläre der Kompanie, was passiert. Ist gekommen drei und drei. Einer vorn, zwei dahinter. Ist über uns weg eine Gruppe von drei, und ich sage zu Kompanie: ‹Seht ihr, jetzt ist über uns weg eine Formation.›

Dann ist über uns weg andere drei, und ich sage zu Kompanie: ‹Jetzt ist hokay. Jetzt ist in Ordnung. Jetzt keine Gefahr mehr.› Das ist Letztes ich erinnere zwei Wochen später.»

«Wann ist das passiert?»

«Vor ungefähr ein Monat. Wissen Sie, ist mein Helm gedrückt über mein Gesicht, wenn ich verschüttet von Bombe, so ich habe Luft im Helm zum Atmen, bis sie mich ausgraben, aber davon weiß ich nichts. Aber in dieser Luft, ich atme, ist der Qualm von der Explosion, und davon ist mir schlecht lange Zeit. Jetzt bin ich hokay, nur mit Summen in Kopf ... Wie nennen Sie diesen Drink?»

«Gin-Tonic. Schweppes Indian Tonic Water. Das hier war ein sehr schickes Lokal vor dem Krieg, und das Zeug hat damals fünf Pesetas gekostet, als man nur sieben Pesetas für einen Dollar bekam. Wir sind gerade erst dahintergekommen, daß sie noch von dem Zeug haben, und sie geben es noch zum alten Preis ab. Es ist nur noch ein Kasten übrig.»

«Ist guter Drink, ja . . . Sagen Sie, wie war diese Stadt vor dem Krieg?»

«Schön. Wie heute, aber es gab viel zu essen.»

Der Kellner kam herüber und beugte sich über den Tisch. «Und wenn ich's nicht tue?» sagte er. «Ich muß es doch verantworten.»

«Wenn du's so haben willst, geh ans Telefon und ruf diese Nummer an . . . Schreib sie dir auf.»

Er schrieb sie auf.

«Verlang Pepe», sagte ich.

«Ich habe nichts gegen ihn», sagte der Kellner. «Es ist nur wegen *La Causa*. Ein solcher Mann ist doch bestimmt eine Gefahr für unsere Sache.»

«Haben ihn die anderen Kellner nicht erkannt?»

«Ich glaube doch. Aber keiner hat etwas gesagt. Er ist ein alter Stammkunde.»

«Ich bin auch ein alter Stammkunde.»

«Dann ist er vielleicht auch auf unserer Seite.»

«Nein, das ist er nicht», sagte ich. «Ich weiß es.»

«Ich habe noch nie jemand denunziert.»

«Das ist dein Problem. Vielleicht denunziert ihn ja einer von den anderen Kellnern.»

«Nein. Nur die alten Kellner kennen ihn, und die alten Kellner denunzieren keinen.»

«Bring uns noch einen Gin», sagte ich. «In der Tonicflasche ist noch was drin.»

«Wovon redet er?» fragte John. «Ich verstehe nur kleinwenig.»

«Hier sitzt ein Mann, den wir beide früher gekannt haben. Große Klasse beim Tontaubenschießen; ich hab ihn immer beim Wettschießen getroffen. Er ist ein Faschist, und daß er hier hergekommen ist – aus welchen Gründen auch immer –, das ist sehr töricht. Aber er war immer sehr tapfer und sehr töricht.»

«Zeigen Sie ihn mir.»

«Da drüben am Tisch, bei den Fliegern.»

«Welcher?»

«Der mit dem sehr dunklen Gesicht, der die Mütze so schief aufhat. Der jetzt lacht.»

«Das ist ein Faschist?»

«Ja.»

«Seit Fuentes del Ebro ich habe keinen Faschist so nahe gesehen. Ist viele Faschisten hier?»

«Von Zeit zu Zeit kommen schon mal ein paar.»

«Ist sein Drink der gleiche wie Ihrer», sagte John. «Wir ihn trinken, daß andere Leute denken, wir Faschisten, hm? Sagen Sie, sind Sie schon mal gewesen in Südamerika an Westküste, in Magallanes?»

«Nein.»

«Ist ganz gut da. Nur zu viele Oc-*toh*-pus.»

«Zu viele – was?»

«Oc-*toh*-pus.» Er betonte die zweite Silbe. «Sie wissen schon, mit acht Arme.»

«Oh», sagte ich, «Oktopus.»

«Ja, Oc-*toh*-pus», sagte John. «Wissen Sie, ich bin auch Taucher. Ist ein guter Platz zu arbeiten hokay, viel Geld machen. Bloß zu viele Oc-toh-pus.»

«Haben sie dich belästigt?»

«Kann ich nicht sagen. Erste Mal ich gehe runter im Hafen von Magallanes, ich sehe Oc-*toh*-pus. Er steht auf seine Füße, so . . .» John setzte die Fingerspitzen senkrecht auf den Tisch und hob gleichzeitig Schultern und Augenbrauen. «Wenn er steht, er ist größer als ich, und er schaut mir direkt ins Auge. Ich gerissen an Leine, damit mich raufziehen.»

«Wie groß war er denn, John?»

«Ich kann nicht sagen ganz genau, weil Fenster in Helm macht Verzerrung ein wenig. Aber Kopf war groß ungefähr mehr als vier Fuß, auf alle Fälle. Und er gestanden wie auf Zehenspitzen, sozusagen, und mich so angesehen . . .» Er starrte mir ins Gesicht. «Wenn ich raufkomme und aus dem Wasser und sie nehmen Helm ab, ich sage, ich gehe nicht mehr da runter. Da sagt Chef: ‹Was ist los mit dir, John? Oc-toh-pus hat mehr Angst vor dir, als du vor Oc-toh-pus!› Sag ich zu ihm: ‹Unmöglich!› – Was sagst du, trinken wir noch einen Faschisten-Drink?»

«In Ordnung», sagte ich.

Ich beobachtete den Mann drüben am Tisch. Er hieß Luis Delgado, und ich hatte ihn zuletzt 1933 in San Sebastián gesehen, beim Tontaubenschießen. Ich erinnerte mich, wie wir ganz oben auf der Tribüne standen und uns das Finale des Schießens ansahen. Wir hatten eine Wette abgeschlossen – höher, als ich es mir leisten konnte und, so glaubte ich, erheblich höher, als er es sich in jenem Jahr leisten konnte. Und ich erinnerte mich, wie freundlich er war, als er mir das Geld gab, während wir die Treppe hinunterstiegen, und wie er es als besondere Ehre hinstellte, es mir zu geben. Dann erinnerte ich mich, wie wir an der Bar standen und einen Martini tranken und mich das wundervolle Gefühl der Erleichterung überkam, das sich einstellt, wenn man durch eine Wette aus der Pleite kommt, und ich fragte mich, wie arg ihn die Wette reingerissen haben mochte. Ich hatte die ganze Woche hindurch miserabel geschossen; er hatte fabelhaft geschossen, aber geradezu unmögliche Vögel vor die Flinte bekommen, und er hatte regelmäßig auf sich selbst gesetzt.

«Sollen wir mal mit einem *duro* knobeln?» fragte er.

«Wollen Sie wirklich?»

«Ja. Wenn's Ihnen recht ist.»

«Um wieviel?»

Er zog die Brieftasche, schaute hinein und lachte. «Ich würde ja sagen, um alles, was Sie wollen ... Sagen wir, um achttausend Pesetas. Die hab ich gerade bei mir.»

Das waren damals fast tausend Dollar.

«Gut», sagte ich. Die ganze schöne innere Ruhe

war weg, und das hohle Gefühl, das sich beim Spielen einstellt, war wieder da. «Wer soll gleichziehen?»

«Ich ziehe mit Ihnen gleich.»

Wir schüttelten die schweren silbernen Fünf-Peseta-Münzen zwischen den Händen; dann legte jeder seine Münze auf den linken Handrücken und verdeckte sie mit der Rechten.

«Was haben Sie?» fragte er.

Ich deckte die große Silbermünze auf . . . Das Profil von Alfons XIII. als Kind.

«Kopf», sagte ich.

«Dann nehmen Sie das verdammte Zeug und seien Sie ein anständiger Kerl und spendieren Sie mir einen Drink . . .» Er leerte die Brieftasche. «Möchten Sie nicht vielleicht eine gute Purdey-Flinte kaufen?»

«Nein», sagte ich. «Aber hören Sie mal, Luis – wenn Sie Geld brauchen . . .»

Ich hielt ihm die fest zusammengefalteten glänzenden Scheine hin, schweres Papier, grüne Tausend-Peseta-Noten.

«Seien Sie nicht albern, Enrique», sagte er. «Wir haben darum gespielt, oder?»

«Ja. Aber wir kennen uns doch schließlich ganz gut.»

«So gut nicht.»

«Ist recht», sagte ich. «Das überlasse ich Ihnen. Was wollen Sie trinken?»

«Wie wär's mit einem Gin-Tonic? Das ist ein fabelhafter Drink, wissen Sie.»

Also bestellten wir Gin-Tonic, und ich kam mir sehr gemein vor, weil ich ihn arm gemacht hatte, und es war zugleich ein verdammt gutes Gefühl, das Geld gewonnen zu haben, und in meinem ganzen Leben hat mir kein Gin-Tonic so gut geschmeckt. Es hat gar keinen Zweck, da zu schwindeln oder so zu tun, als mache es einem keinen Spaß, zu gewinnen. Aber dieser Luis Delgado war schon eine Klasse für sich als Spieler.

«Wenn die Leute nur um Einsätze spielten, die sie sich auch leisten können, dann würde es langweilig . . . Was meinen Sie, Enrique?»

«Keine Ahnung. Ich hab's mir nie leisten können.»

«Seien Sie nicht albern. Sie haben doch 'n Haufen Geld.»

«Nein, ich hab keins», sagte ich. «Wirklich nicht.»

«Ach, alle Leute haben Geld», sagte er. «Man braucht doch bloß dies oder das zu verkaufen, dann hat man welches.»

«Ich hab nicht viel. Wirklich nicht.»

«Ach, seien Sie doch nicht albern. Ich hab noch keinen Amerikaner kennengelernt, der nicht reich war.»

Und das stimmte sogar vermutlich. Damals hätte er in der Bar des *Ritz* – oder bei Chicote – keinen kennengelernt. Und nun war er heimgekehrt zu Chicote, und alle Amerikaner, die er jetzt vielleicht traf, waren von der Sorte, die er früher nie kennengelernt hätte – außer mir, und ich war ein Irrtum. Aber ich würde viel darum gegeben haben, wenn ich ihn dort nicht gesehen hätte.

Nun ja, wenn ihm der Sinn nach etwas so völlig Idiotischem stand, dann war das seine Sache. Aber als ich zu seinem Tisch hinübersah und mich an die alten Zeiten erinnerte, da kam ich mir gemein vor, und ich kam mir auch sehr gemein vor, weil ich dem Kellner die Nummer des Spionageabwehrdienstes in der Seguridad-Zentrale gegeben hatte. Die Nummer der Seguridad hätte er auch von der Auskunft bekommen. Aber ich hatte ihm in einem von diesen übersteigerten Anfällen von Unparteilichkeit, Gerechtigkeitssinn und Pontius-Pilaterei den einfachsten Weg gezeigt, Delgado verhaften zu lassen – und das aus dem immer ein bißchen anrüchigen Wunsch heraus, der Schriftsteller zu so sympathischen Freunden macht: zu sehen, wie sich Menschen in emotionalen Konflikten verhalten.

Der Kellner kam herüber.

«Was meinen Sie?» fragte er.

«Ich für meine Person, ich würde ihn nie anzeigen», sagte ich in dem Versuch, vor mir selbst ungeschehen zu machen, was ich mit der Nummer angerichtet hatte. «Aber ich bin Ausländer, und es ist dein Krieg und dein Problem.»

«Aber Sie sind doch auf unserer Seite.»

«Absolut und immer. Aber das schließt nicht das Denunzieren alter Freunde ein.»

«Und wie ist das bei mir?»

«Bei dir ist das was anderes.»

Ich wußte, daß es so war und daß darüber hinaus nichts zu sagen war; ich wünschte nur, ich hätte von alldem nie etwas gehört.

Meine Neugier, wie Leute sich in einem solchen Fall verhielten, war schon vor langer Zeit und auf beschämende Weise befriedigt worden. Ich wandte mich wieder John zu und sah nicht mehr zu dem Tisch hinüber, an dem Luis Delgado saß. Ich wußte, daß er seit über einem Jahr für die Faschisten flog, und jetzt saß er hier, in der Uniform der regierungstreuen Truppen, und unterhielt sich mit drei jungen regierungstreuen Piloten, die gerade erst von der Ausbildung in Frankreich zurück waren.

Keiner von diesen Neuen konnte ihn kennen; ich fragte mich, ob er herübergekommen war, um zu versuchen, ein Flugzeug zu stehlen, oder weshalb sonst. Was es auch sein mochte – er war verrückt, jetzt in Chicotes Bar zu kommen.

«Wie fühlst du dich, John?» fragte ich.

«Gut», sagte John. «Ist guter Drink hokay, Macht mich bißchen betrunken vielleicht. Ist gut für das Summen im Kopf.»

Der Kellner kam herüber. Er war sehr erregt.

«Ich habe ihn angezeigt», sagte er.

«Na gut», sagte ich, «dann hast du ja kein Problem mehr.»

«Nein», sagte er stolz. «Ich habe ihn angezeigt. Sie sind schon unterwegs, um ihn abzuholen.»

«Gehen wir», sagte ich zu John. «Hier wird's gleich Ärger geben.»

«Am besten wir gehen dann», sagte John. «Gibt immer viel Ärger, auch wenn du vermeiden suchst. Wieviel wir schulden?»

«Sie bleiben nicht hier?» fragte der Kellner.

«Nein.»

«Aber Sie haben mir die Telefonnummer gegeben.»

«Ich weiß. Man kennt zu viele Telefonnummern, wenn man eine Weile in dieser Stadt bleibt.»

«Aber es war doch meine Pflicht!»

«Ja. Warum nicht? Eine große Sache, die Pflicht.»

«Und jetzt?»

«Na, eben gerade hast du doch ein gutes Gefühl dabei gehabt, oder? Vielleicht kommt das wieder. Vielleicht bist du noch mal froh darüber.»

«Sie haben Ihr Paket vergessen», sagte der Kellner. Er gab mir das Fleisch. Es war in zwei großen Umschlägen verpackt, in denen Exemplare des *Spur* zu den Zeitschriftenstapeln gelangt waren, die sich in einem der Büroräume der Botschaft türmten.

«Ich verstehe es», sagte ich zu dem Kellner. «Ehrlich.»

«Er war ein alter Stammgast, und ein guter Stammgast. Und ich habe auch noch nie jemand angezeigt. Ich habe ihn auch nicht aus Vergnügen angezeigt.»

«Ich möchte nicht zynisch oder brutal daherreden. Sag ihm, daß ich ihn angezeigt habe. Er haßt mich inzwischen ohnehin wegen unserer gegensätzlichen politischen Ansichten. Und es würde ihn kränken, wenn er erführe, daß du es warst.»

«Nein. Ein Mann muß verantworten, was er tut . . . Aber Sie verstehen es?»

«Ja», sagte ich. Und log: «Ich verstehe es, und ich heiße es gut . . .» Im Krieg muß man oft lügen, und wenn man es tun muß, sollte man es rasch tun, und so gut wie man kann.

Wir schüttelten einander die Hand, und ich ging mit John zur Tür hinaus. Im Hinausgehen sah ich noch einmal zurück zu dem Tisch, an dem Luis Delgado saß. Er hatte einen neuen Gin-Tonic vor sich stehen, und alle lachten über etwas, das er gesagt hatte. Er hatte ein vergnügtes dunkles Gesicht und Jägeraugen, und ich fragte mich, als was er sich wohl ausgeben mochte.

Er war ein Narr, in Chicotes Bar zu kommen. Aber genau das sah ihm ähnlich – damit er damit prahlen konnte, wenn er erst wieder bei seinen Leuten war.

Als wir aus der Tür traten und auf die Straße hinausgehen wollten, fuhr ein großer Wagen der Seguridad vor Chicotes Bar vor, und acht Mann stiegen aus. Sechs von ihnen bezogen mit Maschinenpistolen Posten vor dem Eingang. Zwei, die in Zivil waren, gingen hinein. Ein Mann wollte unsere Papiere sehen, und als ich sagte: «Ausländer», sagte er, wir sollten weitergehen, es sei alles in Ordnung.

Als wir im Dunkeln die Gran Vía entlanggingen, lagen viele frische Glasscherben auf dem Gehsteig, und wir mußten über Schutt und Trümmer von dem Artilleriebeschuß steigen. In der Luft hing noch der Qualm, und die ganze Straße entlang roch es nach Sprengstoff und Steinstaub.

«Wo gehen Sie essen?» fragte John.

«Ich hab Fleisch für uns alle, und wir können es auf dem Zimmer kochen.»

«Ich koche es», sagte John. «Ich koche gut. Ich erinnere, einmal, wenn ich koche auf Schiff . . .»

«Es wird ziemlich zäh sein», sagte ich. «Es ist ganz frisch geschlachtet.»

«O nein», sagte John. «Im Krieg gibt keine zähe Fleisch.»

Menschen hasteten in der Dunkelheit vorbei, auf dem Heimweg von den Kinos, in denen sie abgewartet hatten, bis das Artilleriefeuer aufhörte.

«Was ist los mit Faschist, daß kommt in Bar, wo sie ihn kennen?»

«Er muß verrückt gewesen sein.»

«Ist schlimm an Krieg», sagte John, «daß zu viele Leute verrückt.»

«John», sagte ich, «ich glaube, da ist was dran.»

Am Hotel angelangt, gingen wir hinein, an den Sandsäcken vorbei, die zum Schutz der Portierloge aufgeschichtet waren. Ich verlangte den Schlüssel, aber der Portier sagte, oben im Zimmer seien schon zwei Genossen, um zu baden. Er hatte ihnen den Schlüssel gegeben.

«Geh schon rauf, John», sagte ich. «Ich will noch telefonieren.»

Ich ging hinüber zu der Zelle und wählte die Nummer, die ich dem Kellner gegeben hatte.

«Hallo . . . Pepe?»

Eine schmallippige Stimme kam aus dem Hörer: *«Qué tal, Enrique?»*

«Hör mal, Pepe: Habt ihr bei Chicote einen gewissen Luis Delgado abgeholt?»

«Si, hombre, si. Sin novedad. Ohne Schwierigkeiten.»

«Weiß er was von dem Kellner.»

«*No, hombre. No.*»

«Dann sag's ihm nicht. Sag ihm, ich hab ihn angezeigt, ja? Sag ihm nichts von dem Kellner.»

«Warum? Kommt auf dasselbe raus. Er ist ein Spion. Er wird erschossen. Es gibt keine andere Möglichkeit.»

«Ich weiß», sagte ich. «Aber es kommt nicht ganz auf dasselbe raus.»

«Wie du willst, *hombre*, wie du willst . . . Wann sehen wir uns?»

«Komm morgen mittag. Wir haben ein bißchen Fleisch.»

«Und vorweg einen Whiskey. Gut, *hombre*, gut!»

«*Salud*, Pepe. Und vielen Dank.»

«*Salud*, Enrique. Ist doch selbstverständlich . . . *Salud*.»

Es war eine seltsame, eine tödliche Stimme, und ich habe mich nie an ihren Klang gewöhnt. Aber als ich jetzt die Treppe hinaufging, war mir sehr viel besser zumute.

Für uns alte Stammgäste hatte Chicotes Bar ganz einfach etwas Besonderes. Ich wußte, daß das der Grund war, weshalb Luis Delgado ein solcher Narr gewesen und wieder hingegangen war. Was er zu tun hatte, hätte er woanders tun können. Aber wenn er in Madrid war, mußte er einfach hingehen. Er war ein guter Stammgast gewesen, wie es der Kellner gesagt hatte, und wir waren Freunde gewesen. All die kleinen Freundschaftsdienste, zu denen man im Leben Gelegenheit hat, sind es sicherlich wert, erwiesen zu werden. Darum war ich froh, daß ich meinen Freund Pepe in der Zentrale der Seguridad angerufen hatte – Luis Delgado war schließlich ein alter Stammgast in Chicotes Bar, und ich wollte verhindern, daß er enttäuscht oder verbittert über die Kellner dort war, bevor er starb.

Der Schmetterling und der Tank

An diesem Abend ging ich zu Fuß vom Zensurbüro heim zum Hotel Florida, und es regnete. Auf dem halben Weg etwa hatte ich genug vom Regen und machte in Chicotes Bar auf einen schnellen Drink Station. Es war der zweite Winter mit Artilleriebeschuß während der Belagerung von Madrid, und alles war knapp, einschließlich Tabak und guten Nerven; man war immerzu ein wenig hungrig, und man regte sich grundlos über Dinge auf, an denen man nichts ändern konnte – etwa über das Wetter. Ich hätte weitergehen sollen, nach Hause. Ich hatte nur noch fünf weitere Blocks vor mir, aber als ich Chicotes Eingangstür sah, dachte ich, ich sollte mir schnell einen Drink genehmigen und dann diese sechs Blocks der Gran Vía hinter mich bringen, durch den Schlamm und den Trümmerschutt von dem Beschuß in den Straßen.

Das Lokal war voll. Man kam nicht an die Bar heran, und alle Tische waren besetzt. Alles war voll von Rauch, Gesang, Männern in Uniform und dem Geruch von nassen Lederjacken; Drinks wurden über die Köpfe der Leute hinweggereicht, die sich in drei Reihen um die Bar drängten.

Ein Kellner, den ich kannte, brachte von einem anderen Tisch einen Stuhl herbei, und ich setzte mich zu einem hageren, blassen Deutschen mit vorspringendem Adamsapfel, den ich kannte, und der bei der Zensur arbeitete, und zwei anderen Leuten, die ich nicht kannte. Der Tisch stand in der Mitte des Raums, ein wenig rechts, wenn man reinkommt.

Vor lauter Singen verstand man sein eigenes Wort nicht, und ich bestellte einen Gin mit Angostura und kippte ihn runter gegen den Regen. Das Lokal war wirklich gerammelt voll, und alle waren sehr lustig; sie wurden vielleicht ein wenig zu lustig von dem frischgebrannten katalanischen Schnaps, den die meisten tranken. Ein paar Leute, die ich nicht kannte, schlugen mir auf die Schulter, und als das Mädchen an unserem Tisch etwas zu mir sagte, verstand ich sie nicht und sagte: «Na klar.»

Sie schaute ganz schön böse jetzt, wo ich aufgehört hatte, mich umzusehen und mich unserem Tisch zuwandte – wirklich, ganz schön böse. Aber als der Kellner kam, stellte sich heraus, daß sie mich gebeten hatte, ihr einen Drink zu besorgen. Der Bursche, den sie dabei hatte, sah nicht sehr energisch aus, aber sie war energisch genug für beide. Sie hatte eines jener ausdrucksstarken, fast klassischen Gesichter und war gebaut wie ein Löwenbändiger; der Junge, den sie dabei hatte, sah so aus, als müßte er eigentlich den alten Collegeschlips tragen. Er trug aber keinen. Er trug eine Lederjacke wie wir alle. Sie war bloß nicht naß, weil die beiden schon hier gewesen waren, bevor es angefangen hatte zu regnen. Auch sie hatte eine Lederjacke an, und das paßte ganz gut zu dem Gesicht, das sie hatte.

Mittlerweile wünschte ich, ich wäre nicht bei Chicote eingekehrt, sondern geradewegs nach Hause gegangen, wo man die Kleider wechseln und im Trockenen sein und sich gemütlich auf dem Bett mit hochgelegten Beinen einen Drink genehmigen konnte, und ich war es leid, diese beiden jungen Leute anzusehen. Das Leben ist sehr kurz, und häßliche Frauen sind sehr langweilig, und wie ich da am Tisch saß, stellte ich fest, daß mir – obwohl ich Schriftsteller war und eigentlich von unstillbarer Neugier gegenüber Leuten aller Art hätte sein sollen – einfach nichts daran lag, zu erfahren, ob diese beiden nun verheiratet waren oder was sie ineinander sahen, oder wie sie politisch dachten, oder ob er ein bißchen Geld hatte, oder ob sie ein bißchen Geld hatte, oder irgend etwas sonst über die beiden. Ich kam zu dem Schluß, daß sie beim Funk sein mußten. Jedesmal, wenn man in Madrid wirklich sonderbar aussehende Zivilisten sah, waren sie unweigerlich beim Funk. Um irgendwas zu sagen, übertönte ich den Krach und fragte:

«Seid ihr beim Funk?»

«Stimmt», sagte das Mädchen.

Also gut. Sie waren beim Funk.

«Wie geht's dir, Genosse?» fragte ich den Deutschen.

«Gut. Und dir?»

«Naß», sagte ich.

Er lachte, den Kopf zur Seite geneigt. «Hast du vielleicht 'ne Zigarette?» fragte er.

Ich gab ihm mein vorletztes Zigarettenpäckchen, und er nahm zwei. Das energische Mädchen nahm zwei, und der junge Mann mit dem Collegeschlips nahm eine.

«Nimm doch noch eine!» rief ich.

«Nein, danke», antwortete er, und der Deutsche nahm sie an seiner Stelle.

«Hast du was dagegen?» Er lächelte.

«Natürlich nicht», sagte ich. Ich hatte etwas dagegen, und er wußte es. Aber er war so versessen auf die Zigaretten, daß es keine Rolle spielte. Der Gesang war im Augenblick etwas abgeebbt, oder es war eine Stille eingetreten wie manchmal bei einem Sturm, und wir konnten alle verstehen, was wir sagten.

«Schon lange hier?» fragte mich das energische Mädchen. Sie hatte eine komische Aussprache.

«Ab und zu», sagte ich.

«Wir müssen uns mal ernsthaft unterhalten», sagte der Deutsche. «Ich möchte mit dir reden. Wann paßt es dir?»

«Ich ruf dich an», sagte ich. Dieser Deutsche war

wirklich ein sehr sonderbarer Deutscher, und keiner von den anständigen Deutschen mochte ihn. Er bildete sich ein, Klavier spielen zu können, aber wenn man ihn von Klavieren fernhielt, war er in Ordnung – solange er nicht an Alkohol geriet oder Gelegenheit zum Tratschen fand, und bisher hatte es noch niemand geschafft, ihn von beidem fernzuhalten.

Im Tratschen war er am besten, und er wußte immer etwas Neues und überaus Negatives über jeden x-beliebigen in Madrid, Valencia, Barcelona und anderen politischen Zentren, den man ins Gespräch brachte.

In diesem Moment setzte der Gesang wieder voll ein, und man kann nicht gut tratschen, wenn man dabei schreien muß. Es sah also ganz nach einem langweiligen Nachmittag bei Chicote aus, und ich beschloß aufzubrechen, sobald ich selber eine Runde spendiert hatte.

In diesem Augenblick ging es los. Ein Zivilist in braunem Anzug, weißem Hemd, schwarzer Krawatte und mit glatt zurückgekämmtem Haar über einer ziemlich hohen Stirn, der bisher von Tisch zu Tisch herumgealbert hatte, besprühte einen der Kellner mit einer Fliegenspritze. Alles lachte, nur der Kellner nicht, der gerade ein Tablett voller Drinks schleppte. Er war empört.

«No hay derecho», sagte der Kellner. Das bedeutet ‹Sie haben kein Recht, das zu tun› und ist in

Spanien die einfachste und zugleich heftigste Form des Protests.

Der Fliegenspritzenmann, entzückt über seinen Erfolg und anscheinend unberührt davon, daß man sich mitten im zweiten Kriegsjahr und in einer belagerten Stadt befand, in der jedermann unter Stress stand, und daß er einer von nur vier anwesenden Zivilisten war, besprühte jetzt einen anderen Kellner.

Ich sah mich um, wo ich in Deckung gehen konnte. Auch dieser Kellner war empört, und der Fliegenspritzenmann besprühte ihn fröhlich noch zweimal. Ein paar Leute fanden es immer noch komisch, darunter das energische Mädchen. Aber der Kellner stand nur da und schüttelte den Kopf. Seine Lippen zitterten. Er war ein alter Mann und arbeitete, soweit ich wußte, seit zehn Jahren bei Chicote.

«No hay derecho», sagte er mit Würde.

Immerhin hatten die Leute gelacht, und der Fliegenspritzenmann, der nicht gemerkt hatte, wie der Gesang verstummt war, spritzte einem anderen Kellner in den Nacken. Der Kellner drehte sich um, das Tablett in der Hand.

«No hay derecho», sagte er. Diesmal war es kein Protest. Es war eine Anklage, und ich sah drei Männer in Uniform von einem Tisch aufstehen und auf den Fliegenspritzenmann zugehen, und gleich darauf hasteten alle vier durch die Drehtür, und

man hörte es klatschen, als einer dem Fliegenspritzenmann eins auf den Mund gab. Jemand anders hob die Fliegenspritze auf und warf sie ihm nach.

Die drei Männer kamen wieder herein. Sie sahen ernst, hart und sehr selbstgerecht aus. Dann drehte sich die Tür, und der Fliegenspritzenmann kam herein. Die Haare hingen ihm in die Augen, das Gesicht war blutverschmiert, der Schlips war zur Seite gezerrt, und das Hemd stand offen. Er hatte die Fliegenspritze wieder in der Hand, und als er sich mit weißem Gesicht und wildem Blick in den Raum schob, spritzte er damit herausfordernd und ohne zu zielen in die Runde, auf alle Anwesenden.

Ich sah, wie einer der drei Männer auf ihn losging, und ich sah das Gesicht dieses Mannes. Es waren jetzt noch mehr Männer dabei, und sie drängten den Fliegenspritzenmann zurück zwischen zwei Tische gleich links, wenn man reinkommt. Der Fliegenspritzenmann wehrte sich mit Händen und Füßen, und als der Schuß losging, packte ich das energische Mädchen am Arm und tauchte weg nach der Küchentür.

Die Küchentür war verschlossen und gab nicht nach, als ich mit der Schulter dagegendrückte.

«Ducken Sie sich hier hinter die Bar», sagte ich. Sie kniete sich hin.

«Nein, runter», sagte ich und stieß sie zu Boden. Sie war wütend.

Außer dem Deutschen, der hinter einem Tisch

lag, und dem Jungen, der so nach College aussah und gegen die Wand gepreßt in einer Ecke stand, hatten alle die Pistole gezogen. Auf einer Bank an der Wand standen drei superblonde Mädchen mit dunklem Haaransatz auf Zehenspitzen, um alles mitzukriegen, und kreischten unentwegt.

«Ich habe keine Angst», sagte die Energische. «Das ist ja lächerlich.»

«Sie werden doch nicht bei einer Schlägerei in einer Bar erschossen werden wollen», sagte ich. «Wenn dieser Fliegenspritzenheld hier ein paar Freunde sitzen hat, kann das übel ausgehen.»

Aber er hatte offensichtlich keine Freunde; die Männer begannen, ihre Pistolen wegzustecken, jemand hob die blonden Schreihälse von der Bank herunter, und alle, die dort hinübergelaufen waren, als der Schuß fiel, wichen vor dem Fliegenspritzenmann zurück, der reglos auf dem Rücken am Boden lag.

«Niemand geht, bevor die Polizei da ist!» rief jemand von der Tür her.

Zwei Polizisten mit Gewehren, die von ihrer Streife hereingekommen waren, standen an der Tür, und bei dieser Ankündigung sah ich, wie sechs Männer eine Formation bildeten wie das *line-up* eines Football-Teams nach dem *huddle* und durch die Tür nach draußen stürzten. Drei von ihnen waren die Männer, die den Fliegenspritzenhelden hinausgeworfen hatten. Einer von ihnen war der Mann, der ihn erschossen hatte. Sie brachen zwischen den Polizisten mit ihren Gewehren durch, wie gute Sperrspieler einen *end* und einen *tackle* ausschalten. Und als sie draußen waren, versperrte einer der Polizisten die Tür mit seinem Gewehr und rief: «Keiner darf hier weg! Nicht einer!»

«Warum sind dann diese Männer da weg? Warum halten Sie uns fest, wenn doch schon welche gegangen sind?»

«Das waren Mechaniker, die zu ihrem Flugplatz zurück mußten», sagte jemand.

«Aber wenn auch nur einer weg ist, dann ist es Unsinn, die anderen hier zu halten.»

«Alle müssen bleiben und auf die Seguridad warten. Es muß alles nach Gesetz und Ordnung gehen.»

«Aber sehen Sie denn nicht ein, daß es Unsinn ist, die anderen hierzubehalten, wenn ein einziger weg ist?»

«Niemand darf gehen. Alle müssen warten.»

«Das ist ja ein Witz», sagte ich zu dem energischen Mädchen.

«Oh, nein – es ist einfach schrecklich.»

Wir standen jetzt auf, und sie starrte entrüstet auf die Stelle, wo der Fliegenspritzenmann lag, die Arme weit ausgebreitet . . . das eine Bein angewinkelt.

«Ich gehe jetzt rüber und helfe diesem armen

Kerl. Warum hat ihm keiner geholfen, warum hat keiner etwas für ihn getan?»

«Lassen Sie's sein», sagte ich. «Besser, Sie halten sich da raus.»

«Aber das ist einfach unmenschlich! Ich bin als Krankenschwester ausgebildet, und ich will Erste Hilfe leisten.»

«Lieber nicht», sagte ich. «Gehen Sie nicht zu ihm.»

«Aber warum denn nicht?» Sie war sehr aufgebracht und beinahe hysterisch.

«Weil er tot ist», sagte ich.

Als die Polizei eingetroffen war, behielt sie alle stundenlang da. Zuerst rochen sie an allen Pistolen, um die zu finden, mit der vor kurzem geschossen worden war. Nach etwa vierzig Pistolen schienen sie es leid zu sein, und außer nassen Lederjacken war ohnehin nichts zu riechen. Dann setzten sie sich an einen Tisch unmittelbar hinter dem dahingeschiedenen Fliegenspritzenhelden, der auf dem Boden lag und wie eine wachsgraue Karikatur seiner selbst aussah, mit wachsgrauen Händen und wachsgrauem Gesicht, und prüften die Papiere der Leute.

Da sein Hemd aufgerissen war, konnte man sehen, daß der Fliegenspritzenheld kein Unterhemd trug, und seine Schuhsohlen waren durchgelaufen. Er sah sehr klein und mitleiderregend aus, wie er da auf dem Boden lag. Man mußte über ihn hinwegsteigen, um zu dem Tisch zu gelangen, an dem die beiden Polizisten in Zivil saßen und alle Personalausweise prüften. Der Junge, der zu der Energischen gehörte, verlor und fand vor lauter Nervosität mehrmals hintereinander seine Papiere. Er hatte irgendwo einen Passierschein, aber er hatte ihn in irgendeine Tasche gesteckt und suchte ihn nun schwitzend, bis er ihn gefunden hatte. Darauf steckte er ihn in eine andere Tasche und mußte erneut mit dem Suchen anfangen. Er schwitzte so heftig, daß sein Haar sich kräuselte und sein Gesicht rot wurde. Er sah jetzt aus, als müßte er eigentlich nicht nur einen Collegeschlips tragen, sondern auch eine von diesen Mützen, wie die Schüler in den unteren Klassen sie tragen. Es heißt immer, Ereignisse lassen die Menschen altern. Nun, die Schießerei hatte ihn an die zehn Jahre jünger gemacht.

Während wir herumstanden und warteten, sagte ich zu dem energischen Mädchen, daß ich die ganze Angelegenheit für eine ziemlich gute Story hielte und daß ich sie eines Tages schreiben wolle. Wie die sechs sich hintereinander aufgestellt und die Tür gestürmt hatten, das war schon sehr eindrucksvoll. Sie war schockiert und sagte, daß ich das nicht schreiben könne, weil es der Sache der spanischen Republik abträglich sei. Ich sagte, daß ich lange in Spanien gelebt hätte und daß es früher, unter der Monarchie, in der Gegend von Valencia gewöhnlich eine Unmasse Schießereien gegeben habe und daß sich vor der Zeit der Republik die Leute in Andalusien jahrhundertelang mit langen, Navayas genannten Messern gegenseitig niedergemetzelt hätten und daß ich, wenn ich im Krieg bei Chicote eine irre Schießerei sähe, genauso darüber schreiben könne, wie wenn es in New York, Chicago, Key West oder Marseille passiert wäre. Das habe überhaupt nichts mit Politik zu tun. Sie sagte, ich sollte es nicht tun. Wahrscheinlich werden eine Menge anderer Leute auch sagen, ich sollte es nicht tun. Der Deutsche dagegen schien es für eine recht gute Story zu halten, und ich gab ihm die letzte Camel. Nun, wie auch immer, nach etwa drei Stunden sagte die Polizei endlich, wir könnten gehen.

Im Florida waren sie ein wenig besorgt um mich, denn in jenen Tagen, als die Stadt unter Beschuß lag, machten sich die Leute Sorgen, wenn man sich zu Fuß auf den Weg nach Hause machte und dort nicht ankam, wenn die Bars um halb acht geschlossen hatten. Ich war froh, heimzukommen, und ich erzählte die Geschichte, während wir auf einem Elektrokocher das Abendessen machten, und hatte ziemlich Erfolg damit.

Nun, in der Nacht hörte der Regen auf, und am nächsten Morgen war es strahlend schön; ein kalter, früher Wintertag. Um Viertel vor eins stieß ich die Drehtür von Chicotes Bar auf, um vor Tisch einen kleinen Gin-Tonic zu riskieren. Um diese

Zeit waren sehr wenig Leute da, und zwei Kellner und der Geschäftsführer kamen zu mir an den Tisch.

Sie lächelten alle.

«Haben sie den Mörder gefaßt?» fragte ich.

«Machen Sie keine Witze so früh am Tag», sagte der Geschäftsführer. «Haben *Sie* ihn schießen sehen?»

«Ja», antwortete ich.

«Ich auch», sagte er. «Ich war genau hier, als es passierte.» Er deutete auf einen Ecktisch. «Er hat dem Mann die Pistole direkt vor die Brust gehalten, als er abdrückte.»

«Wie lange haben sie die Leute dabehalten?»

«Ach, so bis nach zwei Uhr früh.»

«Sie haben den fiambre –» er benutzte den spanischen Slang-Ausdruck für Leichnam, denselben, der auf Speisekarten für kalte Platten verwendet wird – «erst heute morgen um elf abgeholt.»

«Aber Sie wissen noch nicht alles», sagte der Geschäftsführer.

«Nein, er weiß es nicht», sagte ein Kellner.

«Es ist sehr seltsam», sagte ein anderer Kellner. «*Muy raro.*»

«Und traurig dazu», sagte der Geschäftsführer. Er schüttelte den Kopf.

«Ja. Traurig und seltsam», sagte der Kellner. «Sehr traurig.»

«Erzählen Sie.»

«Eine sehr seltsame Sache», sagte der Geschäftsführer.

«Erzählen Sie . . . Na, erzählen Sie schon.»

Der Geschäftsführer lehnte sich über den Tisch wie zu einer höchst vertraulichen Mitteilung.

«Wissen Sie, in der Fliegenspritze», sagte er, «hatte er Eau de cologne . . . Der arme Kerl.»

«Es war nicht einfach ein geschmackloser Jux, verstehen Sie?» sagte der Kellner.

«Es war einfach nur Übermut. Niemand hätte sich beleidigt zu fühlen brauchen», sagte der Geschäftsführer. «Armer Kerl.»

«Verstehe», sagte ich. «Er wollte nur, daß alle ihren Spaß hatten.»

«Ja», sagte der Geschäftsführer. «Es war wirklich nur ein unglückliches Mißverständnis.»

«Und was ist mit der Fliegenspritze?»

«Hat die Polizei mitgenommen. Sie haben sie den Angehörigen geschickt.»

«Die werden sich bestimmt freuen», sagte ich.

«Ja», sagte der Geschäftsführer. «Bestimmt. Eine Fliegenspritze kann man immer brauchen.»

«Was war er denn?»

«Kunsttischler.»

«Verheiratet?»

«Ja. Die Frau war heute morgen hier mit der Polizei.»

«Was hat sie gesagt?»

«Sie hat sich neben ihm hingekniet und gesagt:

‹Pedro, was haben sie dir angetan, Pedro? Wer hat dir das angetan? Oh, Pedro . . .›»

«Dann mußte die Polizei sie wegbringen, weil sie sich nicht mehr in der Gewalt hatte», sagte der Kellner.

«Er soll ja schwach auf der Brust gewesen sein», sagte der Geschäftsführer. «In den ersten Tagen der Bewegung war er im Einsatz. Es heißt, er war in der Sierra im Einsatz, aber er war zu schwach auf der Brust, um weiterzumachen.»

«Und gestern nachmittag ist er vermutlich nur mal eben in die Stadt gekommen, um ein wenig Fröhlichkeit zu verbreiten», sagte ich.

«Nein», sagte der Geschäftsführer. «Sehen Sie, es ist ganz seltsam. *Muy raro*, das alles. Ich habe es von der Polizei, die sehr tüchtig ist, wenn man ihr Zeit läßt. Sie haben Genossen in der Firma befragt, in der er gearbeitet hat. Die Adresse hatten sie von dem Mitgliedsausweis der Gewerkschaft, der in seiner Tasche steckte. Gestern hat er die Fliegenspritze und das *agua de colonia* gekauft; er wollte damit auf einer Hochzeit einen Spaß machen. Er hatte schon gesagt, daß er das vorhatte. Er hatte die Sachen gleich gegenüber gekauft. Auf der Kölnisch Wasser-Flasche war ein Etikett mit der Adresse des Geschäfts. Die Flasche fand sich in der Toilette. Dort hat er auch die Fliegenspritze gefüllt. Nachdem er die Sachen gekauft hatte, muß er hier hereingekommen sein, als es zu regnen anfing.»

«Ich weiß noch, wie er hereinkam», sagte ein Kellner.

«Bei all der Ausgelassenheit und dem Gesang wurde auch er übermütig.»

«Übermütig war er allerdings», sagte ich. «Er ist geradezu umhergeschwebt.»

Der Geschäftsführer blieb bei der unbarmherzigen spanischen Logik. «Die Ausgelassenheit des Trinkens, wenn einer schwach auf der Brust ist.»

«Ich finde das alles nicht besonders komisch», sagte ich.

«Hören Sie doch», sagte der Geschäftsführer, «wie seltsam das ist. Seine Ausgelassenheit trifft auf den Ernst des Krieges, wie ein Schmetterling . . .»

«Ja, genau wie ein Schmetterling», sagte ich. «Viel zu sehr wie ein Schmetterling.»

«Das soll nicht witzig sein», sagte der Geschäftsführer. «Verstehen Sie das? . . . Wie ein Schmetterling auf einen Tank.»

Das gefiel ihm außerordentlich. Er war in urspanische Metaphysik vorgedrungen.

«Trinken Sie einen auf meine Rechnung», sagte er. «Sie müssen eine Story darüber schreiben.»

Ich sah den Fliegenspritzenmann wieder vor mir mit seinen wachsgrauen Händen und dem wachsgrauen Gesicht, den weit ausgebreiteten Armen und dem angewinkelten Bein, und er hatte ein wenig ausgesehen wie ein Schmetterling – na ja, nicht allzu sehr. Aber er hatte auch nicht so sehr wie ein

Mensch ausgesehen. Er hatte mich eher an einen toten Spatz erinnert.

«Ich nehme einen Gin mit Schweppes», sagte ich.

«Sie müssen eine Story darüber schreiben», sagte der Geschäftsführer. «Hier . . . Zum Wohl!»

«Zum Wohl», sagte ich. «Schauen Sie, gestern abend hat ein englisches Mädchen zu mir gesagt, ich solle nicht darüber schreiben. Weil es sehr schlecht für *die Sache* sei.»

«Was für ein Unsinn», sagte der Geschäftsführer. «Es ist sehr interessant und bedeutsam: wie mißverstandener Übermut auf den tödlichen Ernst trifft, mit dem wir leben müssen. Für mich ist es das Ungewöhnlichste und Interessanteste, was ich in letzter Zeit miterlebt habe. Sie müssen das aufschreiben.»

«Na gut», sagte ich. «Klar . . . Hatte er Kinder?»

«Nein», sagte er. «Ich habe die Polizei danach gefragt. Aber Sie müssen das schreiben, und Sie müssen es ‹Der Schmetterling und der Tank› nennen.»

«Na schön», sagte ich. «In Ordnung. Aber ich mag den Titel nicht so sehr.»

«Der Titel ist sehr elegant», sagte der Geschäftsführer. «Richtige Literatur.»

«Na schön», sagte ich. «Klar. So wollen wir es nennen. ‹Der Schmetterling und der Tank›.»

Und ich saß da an diesem strahlend-heiteren Morgen – es roch sauber, frisch gelüftet und ausgefegt – mit dem Geschäftsführer, der ein alter Freund war und jetzt großen Gefallen fand an der Literatur, die wir zusammen machten, und ich trank einen Schluck von dem Gin-Tonic, und ich sah aus dem mit Sandsäcken geschützten Fenster hinaus und dachte an die Frau, die da gekniet und gesagt hatte: ‹Pedro, Pedro, wer hat dir das angetan, Pedro?› Und ich dachte daran, daß die Polizei niemals in der Lage sein würde, ihr das zu sagen, selbst wenn sie den Namen des Mannes gewußt hätte, der den Schuß abgegeben hatte.

Der Abend
vor der Schlacht

Wir arbeiteten damals in einem Haus, das durch Granaten in Trümmer gelegt war. Von dem Haus hatte man einen Ausblick über den Park Casa del Campo in Madrid. Dort unten wurde gekämpft. Wir konnten sehen, wie sich unter uns die Schlacht ausbreitete, auf die Hügel übergriff, wir konnten sie riechen, konnten ihren Staub schmecken, und der Lärm, den sie machte, war ein einziges riesiges, immer wieder verrutschendes Laken aus Gewehrfeuer und MPi-Feuer, mal stärker, mal schwächer, und dazwischen das Knallen der Geschütze und das blubbernde Gerumpel der Granaten, die von den Batterien hinter uns abgefeuert wurden, das dumpfe Dröhnen, wenn sie explodierten, und dann der Wirbel der gelben Staubwolken. Aber es war zu weit entfernt, es war nicht gut zu filmen. Wir hatten versucht, weiter vorne zu arbeiten, aber ihre Scharfschützen hatten immer wieder die Kamera beschossen, und dabei konnte man nicht arbeiten.

Die große Kamera war das teuerste Stück, das wir hatten, und wenn sie kaputtging, konnten wir einpacken. Wir hatten so gut wie keinen Etat für den Film, und alles Geld steckte in den Filmdosen und Kameras. Wir durften keinen Meter Film verschwenden, und man mußte höllisch aufpassen, daß den Kameras nichts passierte.

Am Tag davor hatten uns die Scharfschützen von einem Platz vertrieben, von dem man gut filmen konnte, und ich mußte zurückkriechen, die kleine Kamera gegen den Bauch gedrückt, mußte versuchen, den Kopf niedriger zu halten als die Schultern, ich robbte auf den Ellbogen mühsam voran, die Projektile hackten in die Ziegelmauer über meinem Rücken und überschütteten mich zweimal mit Dreck.

Unsere schwersten Angriffe fanden immer am Nachmittag statt, Gott weiß warum, denn dann hatten die Faschisten die Sonne im Rücken, und die Sonne schien auf die Kameralinsen, und die Linsen blinkten wie ein Spiegeltelegraf, und die Mauren eröffneten das Feuer auf die blitzenden Reflexe. Sie verstanden etwas von Spiegeltelegrafen und Offiziersfeldstechern, das hatten sie alles im Rif gelernt, und wenn man sich gekonnt abschießen lassen wollte, brauchte man nur einen Feldstecher zu benutzen, ohne ihn angemessen abzudecken. Schießen konnten sie auch, und sie hatten dafür gesorgt, daß ich den ganzen Tag mit einem trockenen Mund herumlief.

Am Nachmittag bezogen wir oben in dem Haus Stellung. Man konnte dort gut arbeiten, und wir bauten für die Kamera eine Art Blende aus den Stäben einer kaputten Markise auf einem Balkon; aber, wie gesagt, es war zu weit weg.

Es war nicht zu weit für den pinienbestandenen Abhang, den See und den Umriß der steinernen Bauernhöfe, die immer wieder in den Wolken aus Steinstaub verschwanden, die durch Einschläge hochexplosiver Granaten entstanden; es war auch nicht zu weit, um die Wolken aus Rauch und Dreck zu filmen, die den Hügelkamm heraufdonnerten, wenn die Bomber über ihn hinwegdröhnten. Aber auf eine Entfernung von achthundert bis tausend Metern sahen die Panzer aus wie kleine schlammfarbene Käfer, die sich zwischen den Bäumen tummelten und winzige Blitze ausspuckten, und die Männer hinter ihnen waren Spielzeugmännchen, die platt am Boden lagen, sich duckten und rannten, dann hinfielen, um wieder aufzuspringen und zu rennen oder um liegen zu bleiben und den Hang mit Flecken zu übersäen, während die Panzer weiter vorrückten. Wir hofften immer noch, die Schlacht in Grundzügen einigermaßen in den Kasten zu kriegen. Wir hatten viele Nahaufnahmen, und mit etwas Glück würden wir noch mehr kriegen, und wenn wir die plötzlichen Erdfontänen kriegten und die Wattebäusche, die das Schrapnell macht, die wirbelnden Wolken aus Rauch und Staub, von den gelben Blitzen und weißen Blüten der Handgranaten erleuchtet, das, was die Grundzüge einer Schlacht eben sind, dann hätten wir etwas, was wir gebrauchen konnten.

Also trugen wir, als wir nicht mehr genug Licht hatten, die große Kamera die Treppe hinunter, schraubten das Stativ ab, machten drei Traglasten aus der Ausrüstung und rannten dann einzeln nacheinander über den Paseo Rosales, der unter schwerem Beschuß stand, in den Schutz der steinernen Mauer der alten Montana-Kaserne. Wir wußten, daß wir einen guten Platz zum Arbeiten gefunden hatten, und wir waren ganz munter. Allerdings machten wir uns ganz schön was vor, wenn wir tatsächlich so taten, als wäre der Platz nicht zu weit entfernt.

«Kommt, wir gehen zu Chicote», sagte ich, als wir den Hügel hinaufgekommen waren und vor dem Hotel Florida standen.

Aber sie mußten eine Kamera reparieren, die Filme wechseln, die belichteten Meter versiegeln, und ich ging allein. In Spanien war man nie allein, und da war das eine angenehme Abwechslung.

Als ich mich im Dämmerlicht des Aprils auf den Weg über die Gran Vía zu Chicote machte, war ich froh und munter und aufgeregt. Wir hatten viel gearbeitet, und ich hatte ein gutes Gefühl. Aber als ich dann allein vor mich hin ging, verflog meine gehobene Stimmung. Jetzt, da ich allein war, da es keine Aufregung mehr gab, wußte ich, daß wir zu weit weg gewesen waren und daß jeder Idiot sehen konnte, daß die Offensive ein Fehlschlag war. Ich hatte es den ganzen Tag gewußt, aber man läßt sich oft durch Hoffnung und Optimismus täuschen. Aber wenn ich daran dachte, wie es jetzt aussah, wußte ich, daß es nur wieder genauso ein Blutbad war wie die Sommeschlacht. Die Armee des Volkes war endlich in der Offensive. Aber sie griff in einer Weise an, die nur eins bewirken konnte: Selbstzerstörung. Und als ich nun alles, was ich gehört und den ganzen Tag über gesehen hatte, zusammensetzte, hatte ich ein ganz schlechtes Gefühl.

Im Qualm und Lärm bei Chicote wußte ich, daß die Offensive ein Fehlschlag war, und dieses Wissen verstärkte sich noch, als ich an der überfüllten Bar meinen ersten Drink nahm. Wenn alles in Ordnung ist, und du fühlst dich schlecht, kann ein Drink dir helfen, und du fühlst dich besser. Aber wenn alles wirklich übel ist, und wenn es dir eigentlich ganz gutgeht, dann macht ein Drink die Sache nur noch deutlicher. Und jetzt war es bei Chicote so voll, daß man sich mit den Ellbogen Platz schaffen mußte, um das Glas zum Mund zu kriegen. Ich nahm einen guten langen Schluck, und dann rempelte mich jemand an, so daß ich meinen Whisky mit Soda zum Teil verschüttete. Ich sah mich wütend um, und der Mann, der mich angerempelt hatte, lachte.

«Hallo, Fischgesicht», sagte er.

«Hallo, du Ziegenbock», sagte ich.

«Besorgen wir uns einen Tisch», sagte er. «Du hast ganz schön sauer ausgesehen, als ich dich angestoßen habe.»

«Wo kommst du denn her?» fragte ich. Seine Lederjacke war dreckig und speckig. Er war hohläugig und konnte eine Rasur gebrauchen. Er hatte sich den großen automatischen Colt, der vorher meines Wissens schon drei anderen Männern gehört hatte, ans Bein gebunden; wir hatten immer versucht, Patronen für den Colt zu bekommen. Der Mann war sehr groß, und sein Gesicht war rauchgeschwärzt und ölverschmiert. Er trug einen Lederhelm mit einem schweren Lederpolster über der Scheitellinie und einem dick gepolsterten Lederrand.

«Wo kommst du her?»

«Casa del Campo», sagte er, und er sagte es in einem albernen Singsang. In einer Hotelhalle in New Orleans hatten wir mal einen Liftboy so rufen hören, und wir hatten das als kleinen, privaten Scherz beibehalten.

«Da ist ein Tisch», sagte ich, als zwei Soldaten und zwei Mädchen aufstanden, um zu gehen. «Den schnappen wir uns.»

Wir saßen an diesem Tisch mitten im Lokal, und ich beobachtete, wie er sein Glas hob. Seine Hände waren ölig, und die Stellen zwischen Daumen und Zeigefinger waren vom Pulverschmauch und den verbrannten Ölrückständen des Hülsenauswurfs schwarz wie Graphit. Die Hand, die das Glas hielt, zitterte.

«Sieh sie dir an.» Er streckte die andere Hand aus. Sie zitterte ebenfalls. «Bei beiden dasselbe», sagte er im gleichen komischen singenden Tonfall wie vorher. Dann, ernst: «Warst du da unten dabei?»

«Wir machen einen Film darüber.»

«Fotografiert sich gut?»

«Nicht übermäßig.»

«Habt ihr uns gesehen?»

«Wo?»

«Als wir den Bauernhof angegriffen haben. Fünfzehn Uhr fünfundzwanzig.»

«Oh. Ja.»

«Und? Hat's dir gefallen?»

«Nein.»

«Mir auch nicht», sagte er. «Hör zu, das Ganze ist so bescheuert wie ein Märzhase. Warum wollen sie solche Stellungen frontal angreifen? Wer zum Teufel hat sich so was ausgedacht?»

«Ein Arschloch namens Largo Caballero», sagte ein kleiner Mann mit dicken Brillengläsern, der bereits an dem Tisch gesessen hatte, als wir gekommen waren. «Nachdem er einmal durch einen Feldstecher sehen durfte, wurde er General. Dies ist sein Meisterstück.»

Wir sahen uns den Mann an, der gesprochen hatte. Al Wagner, der Panzermann, sah mich an und hob das, was seine Augenbrauen gewesen waren, bevor sie versengt wurden. Der kleine Mann lächelte uns an.

«Wenn hier irgend jemand Englisch spricht, ist es gut möglich, daß du erschossen wirst, Genosse», sagte Al zu ihm.

«Nein», sagte der kleine Mann. «Es ist eher möglich, daß Largo Caballero erschossen wird. Zumindest sollte man das tun.»

«Hör zu, Genosse», sagte Al. «Sprich ein bißchen leiser, klar? Jemand könnte dich hören und meinen, wir gehörten zu dir.»

«Ich weiß, wovon ich rede», sagte der kleine Mann mit den sehr dicken Brillengläsern. Ich betrachtete ihn sorgfältig. Er machte auf mich den Eindruck, als wisse er das tatsächlich.

«Es ist trotzdem nicht immer gut, wenn man sagt, was man weiß», sagte ich. «Auch was zu trinken?»

«Aber sicher», sagte er. «Wenn ich mit euch rede, geht das in Ordnung. Ich kenne euch. Ihr seid in Ordnung.»

«So sehr in Ordnung bin ich denn nun auch wieder nicht», sagte ich. «Außerdem ist das hier eine öffentliche Kneipe.»

«Eine öffentliche Kneipe ist der einzige private Ort, den es gibt. Kein Mensch kann hören, was wir hier sprechen. In welcher Einheit bist du, Genosse?»

«Ich habe acht Minuten von hier ein paar Panzer

stehen», sagte ihm Al. «Für heute sind wir fertig, und den frühen Abend habe ich frei.»

«Warum wäschst du dich nicht mal?» sagte ich.

«Alles geplant», sagte Al. «Auf deinem Zimmer. Wenn wir hier weggegangen sind. Hast du Fabrikseife?»

«Nein.»

«Macht nichts», sagte er. «Ich hab hier noch ein bißchen in der Tasche. Gespart.»

Der kleine Mann mit den dicken Brillengläsern sah Al aufmerksam an. «Bist du in der Partei, Genosse?» fragte er.

«Klar», sagte Al.

«Ich weiß, daß unser Freund, Genosse Henry, nicht in der Partei ist», sagte der kleine Mann.

«Dann würde ich ihm nicht trauen», sagte Al. «Tu ich auch nie.»

«Du Schwein», sagte ich. «Willst du gehen?»

«Nein», sagte Al. «Ich brauche dringend noch einen Drink.»

«Ich weiß alles über den Genossen Henry», sagte der kleine Mann. «Und jetzt will ich euch noch mehr über Largo Caballero erzählen.»

«Müssen wir uns das anhören?» fragte Al. «Du weißt, daß ich in des Volkes eigener Armee bin. Meinst du nicht, daß ich dann die Lust verliere?»

«Wißt ihr, ihm ist alles dermaßen zu Kopf gestiegen, daß er jetzt langsam durchdreht. Er ist Ministerpräsident und Kriegsminister, und man kann schon kaum noch mit ihm reden. Wißt ihr, er ist ganz einfach ein guter, ehrlicher Gewerkschaftsführer, irgendwo zwischen dem verstorbenen Sam Gompers und John L. Lewis angesiedelt ... Aber dieser Mann – Araquistáin –, der ihn erfunden hat?!»

«Augenblick mal», sagte Al. «Ich kann dir nicht folgen.»

«Araquistáin hat ihn erfunden. Araquistáin, der jetzt Botschafter in Paris ist. Er ist seine Idee, versteht ihr. Er nannte ihn den spanischen Lenin, und dann hat der arme Mann versucht, seinem großen Vorbild gerecht zu werden und irgendeiner hat ihn durch einen Feldstecher gucken lassen, und nun glaubt er, er ist Clausewitz.»

«Das sagtest du schon», meinte Al kühl. «Und was steckt deiner Ansicht nach dahinter?»

«Vor drei Tagen sprach er in der Kabinettssitzung über militärische Fragen. Sie sprachen über die jetzige Aktion, und Jesús Hernández, versteht ihr, nur so aus Spaß, fragte ihn, was der Unterschied zwischen Taktik und Strategie ist. Wißt ihr, was der Gute gesagt hat?»

«Nein», sagte Al. Ich konnte sehen, daß ihm sein neuer Genosse ein wenig auf die Nerven ging.

«Er hat gesagt: ‹Taktik ist, wenn man den Feind frontal angreift. Strategie ist, wenn man ihn von beiden Seiten in die Zange nimmt.› Nicht übel, was?»

«Verzieh dich lieber, Genosse», sagte Al. «Du wirst so schrecklich defätistisch.»

«Aber wir werden Largo Caballero noch los», sagte der untersetzte Genosse. «Gleich nach dieser Offensive sind wir ihn los. Diese letzte Dummheit bricht ihm den Hals.»

«Meinetwegen, Genosse», sagte Al zu ihm. «Aber morgen früh muß ich angreifen.»

«Was? Ihr wollt noch mal angreifen?»

«Hör zu, Genosse. Du kannst mir jeden Scheiß erzählen, den du willst; es ist interessant, und ich bin alt genug, um mir selber ein Bild zu machen. Aber stell mir keine Fragen, verstehst du? Dann kommst du nämlich in Schwierigkeiten.»

«Ich habe das persönlich gemeint. Nicht als Information.»

«Wir kennen uns nicht lange genug, um persönliche Fragen zu stellen, Genosse», sagte Al. «Warum gehst du nicht an einen anderen Tisch und läßt den Genossen Henry und mich zufrieden, damit wir miteinander reden können. Ich wollte ihn noch etwas fragen.»

«Salud, Genosse», sagte der kleine Mann und stand auf. «Wir sehen uns dann irgendwann mal wieder.»

«Gut», sagte Al. «Irgendwann mal.»

Wir sahen ihm nach, wie er zu einem anderen Tisch ging. Er fragte, ob noch Platz sei, ein paar Soldaten rückten zusammen, und während wir ihn noch beobachteten, begann er auch schon zu sprechen. Sie sahen alle interessiert aus.

«Was hältst du von dem kleinen Kerl?» fragte Al.

«Ich weiß es nicht.»

«Ich auch nicht», sagte Al. «Diese Offensive hat er jedenfalls richtig beschrieben.» Er trank und zeigte seine Hand. «Siehst du? Jetzt ist sie in Ordnung. Und besoffen bin ich auch nicht. Vor einem Angriff trinke ich nie.»

«Wie war's heute?»

«Du hast es gesehen. Wie sah es aus?»

«Furchtbar.»

«Genau. Das ist das richtige Wort. Es war furchtbar. Ich glaube, er verwendet jetzt sowohl Strategie als auch Taktik, weil wir frontal und von beiden Seiten angreifen. Wie läuft denn alles andere?»

«Durán hat die neue Rennbahn genommen. Das *hipódromo*. Wir sind bis zu dem Korridor vorgestoßen, der zum Universitätsviertel führt. Weiter oben haben wir die Straße nach La Coruña überschritten. Und beim Cerro de Aguilar geht es seit gestern morgen nicht mehr weiter. Heute morgen waren wir da oben. Ich habe gehört, daß Durán mehr als die Hälfte seiner Brigade verloren hat. Wie sieht's bei dir aus?»

«Morgen versuchen wir es noch einmal mit diesen Bauernhöfen und der Kirche. Die Kirche auf dem Hügel, die Spanier nennen sie den Eremiten, ist das Ziel der Operation. Der ganze Abhang ist voller Schluchten und kann mindestens nach drei Seiten von MG-Nestern bestrichen werden. Sie sind überall, tief eingegraben, richtig gute Arbeit. Wir haben nicht genug Artillerie für einen echten Feuerschutz, um sie unten zu halten, und wir haben keine schwere Artillerie, um sie wegzuputzen. In den drei Häusern haben sie Panzerabwehrkanonen, und bei der Kirche haben sie eine ganze Panzerabwehrbatterie. Das wird Mord.»

«Wann soll es denn losgehen?»

«Frag mich nicht. Das darf ich dir nicht sagen.»

«Ich meine doch nur, falls wir das filmen müssen», sagte ich. «Von dem Geld, das der Film einspielt, werden Ambulanzwagen gekauft. Wir haben bisher die Zwölfte Brigade beim Gegenangriff an der Arganda-Brücke im Kasten. Und dann haben wir noch mal die Zwölfte mit ihrem Angriff letzte Woche bei Pingarrón. Sind ein paar hübsche Panzer-Sequenzen dabei.»

«Die Panzer waren da aber gar nicht gut», sagte Al.

«Ich weiß», sagte ich, «aber sie haben sich sehr gut filmen lassen. Und was ist mit morgen?»

«Macht euch früh auf die Socken und wartet es ab», sagte er. «Nicht zu früh.»

«Wie geht es dir denn jetzt?»

«Ich bin schrecklich müde», sagte er. «Und ich habe üble Kopfschmerzen. Aber es geht mir schon viel besser. Ich werde noch einen nehmen, und dann gehe ich zu dir und bade.»

«Vielleicht sollten wir erst mal was essen.»

«Zum Essen bin ich zu dreckig. Du kannst mir einen Stuhl freihalten, ich gehe baden und komme dann ins Gran Vía nach.»

«Ich kann doch auch mitkommen.»

«Nein. Es ist besser, wenn du einen Stuhl freihältst, und ich komme dann nach.» Er ließ seinen Kopf auf die Tischplatte sinken. «Mann, habe ich Kopfschmerzen. Der Krach in diesen Eimern. Ich höre das schon gar nicht mehr, aber die Ohren nehmen trotzdem irgendwie Schaden.»

«Geh doch ins Bett.»

«Nein. Ich bleibe lieber noch ein bißchen bei dir und haue mich später hin. Ich will nicht zweimal aufwachen.»

«Du hast doch nicht die große Panik, oder?»

«Nein», sagte er. «Mir geht es gut. Hör mal zu, Hank. Ich will dir keinen großen Scheiß erzählen, aber ich habe den Eindruck, daß ich morgen sterbe.»

Ich berührte den Tisch dreimal mit den Fingerspitzen.

«Den Eindruck hat jeder. Ich habe das Gefühl auch schon oft gehabt.»

«Nein», sagte er. «Bei mir kommt das nicht von selbst. Aber das, was wir morgen machen sollen, ist so sinnlos. Ich weiß nicht einmal, ob sie da überhaupt mit nach oben kommen. Wenn sie nicht wollen, kann man sie nicht zwingen. Danach kann man sie abknallen. Aber solange sie nicht wollen, wollen sie nicht. Wenn man sie abknallt, wollen sie immer noch nicht.»

«Vielleicht klappt es ja.»

«Nein. Morgen haben wir gute Infanterie. Die machen alles mit. Kein Vergleich mit diesen feigen Säcken, die wir am ersten Tag hatten.»

«Vielleicht klappt es ja.»

«Nein», sagte er. «Es wird nicht klappen. Aber es wird haargenau so gut ablaufen, wie ich es deichseln kann. Ich kann sie losschicken, und ich kann sie mitschleppen, bis wir da sind, wo sie einzeln ausschwärmen müssen. Vielleicht schaffen sie es. Ich habe drei, auf die ich mich verlassen kann. Wenn sie bloß nicht einen von den Guten schon gleich zu Anfang erwischen.»

«Wer sind die Guten, die du hast?»

«Ich habe einen großen Griechen aus Chicago, der macht alles mit. Große Klasse. Ich habe einen Franzosen aus Marseille, der hat die linke Schulter in Gips und zwei Wunden, die immer noch suppen. Er hat darum gebeten, aus dem Lazarett im Palace Hotel entlassen zu werden, um bei dieser Show dabei zu sein; er muß dafür festgeschnallt werden, und ich weiß nicht, wie er es schaffen will. Ich meine: technisch. Kann einem das Herz brechen, der Mann. Vorher war er Taxifahrer.» Er schwieg.

«Ich rede zuviel. Unterbrich mich, wenn ich zuviel rede.»

«Wer ist der dritte?» fragte ich.

«Der dritte? Habe ich gesagt, ich hätte einen dritten?»

«Klar.»

«Ach ja», sagte er. «Das bin ich.»

«Und die anderen?»

«Das sind Mechaniker, aber Soldaten werden sie nie. Sie kapieren nicht, worum es geht. Und sie haben alle Angst vorm Sterben. Ich habe versucht, ihnen das auszutreiben», sagte er. «Aber bei jeder Attacke fängt es wieder an. Sie sehen aus wie Panzerfahrer, wenn du sie mit ihren Helmen neben den Panzern stehen siehst. Sie sehen aus wie Panzerfahrer, wenn sie reinklettern. Aber wenn sie den Dekkel über sich zumachen, ist der Panzer praktisch leer. Sie sind einfach keine Panzersoldaten. Und bisher hatten wir nicht die Zeit, neue auszubilden.»

«Willst du nicht bald mal baden?»

«Wir können doch noch ein bißchen hier sitzen», sagte er. «Hier ist es nett.»

«Es ist wirklich merkwürdig. Am andern Ende der Straße tobt ein Krieg, den man zu Fuß erreichen kann, und dann geht man einfach weg und kommt hierher.»

«Und geht dann wieder hin», sagte Al.

«Wie wär's mit einem Mädchen? Im Florida sind zwei amerikanische Mädchen. Zeitungskorrespondentinnen. Vielleicht kannst du eine aufreißen.»

«Ich will nicht mit ihnen reden. Ich bin zu müde.»

«Da hinten an dem Ecktisch sitzen die beiden maurischen Mädchen aus Ceuta.»

Er sah zu ihnen hinüber. Beide waren dunkelhäutig und kraushaarig. Eine war groß, und eine war klein, und beide sahen auf jeden Fall stark und aktiv aus.

«Nein», sagte Al. «Morgen kriege ich noch genug Mauren zu sehen, da brauche ich nicht heute abend mit ihnen herumzublödeln.»

«Es sind viele Mädchen da», sagte ich. «Manolita ist im Florida. Dieser Mensch von der Seguridad, mit dem sie zusammen lebt, ist nach Valencia versetzt worden, und jetzt ist sie ihm mit jedem treu, der Lust hat.»

«Hör mal, Hank, wozu versuchst du mich anzustiften?»

«Ich wollte dich nur ein bißchen aufheitern.»

«Werde doch erst mal erwachsen», sagte er. «Wollen wir noch einen?»

«Wir wollen noch einen.»

«Mir macht es nicht das geringste aus, zu sterben», sagte er. «Sterben ist einfach eine ganz große Scheiße. Nur daß es Verschwendung ist. Der Angriff ist falsch, und sie ist Verschwendung. Inzwischen kann ich gut mit Panzern umgehen. Wenn ich genug Zeit hätte, könnte ich auch gute Panzerfahrer ausbilden. Und wenn wir Panzer hätten, die ein bißchen schneller wären, würden ihnen die Panzerabwehrkanonen nicht so viel ausmachen wie jetzt, wo wir überhaupt nicht beweglich sind. Hör zu, Hank, die Panzer sind nicht das, was wir dachten. Weißt du noch, wie wir alle dachten: Wenn wir bloß Panzer hätten?»

«In Guadalajara waren sie gut.»

«Sicher. Aber das war noch die alte Garde. Das waren Soldaten. Und es ging gegen Italiener.»

«Aber was ist passiert?»

«Eine ganze Menge. Die Söldner haben für sechs Monate unterschrieben. Die meisten waren Franzosen. Fünf Monate lang waren sie gute Soldaten, aber jetzt wollen sie nur noch den letzten Monat überleben und dann nach Hause. Jetzt sind sie Null wert. Die Russen, die als Ausbilder kamen, als die Regierung die Panzer kaufte, waren perfekt. Aber jetzt werden sie zurückgezogen, um in China eingesetzt zu werden, heißt es. Die neuen Spanier sind teilweise gut und teilweise nicht. Man braucht sechs Monate, um einen guten Panzerfahrer auszubilden, ich meine, bis er alles weiß. Und um die Lage richtig einzuschätzen und umsichtig zu arbeiten, braucht man Talent. Wir mußten sie in sechs Wochen ausbilden, und Talent haben nicht sehr viele.»

«Sie sind doch aber gute Piloten.»

«Sie könnten auch gute Panzerfahrer werden. Aber man muß die erwischen, die eine Berufung dafür haben. Das ist so ähnlich wie bei einem Priester. Man muß dazu geboren sein. Besonders jetzt, wo sie so viele Panzerabwehrgeschütze haben.»

Bei Chicote hatten sie die Rollos heruntergezogen, und jetzt schlossen sie die Tür ab. Jetzt wurde keiner mehr hereingelassen. Aber man hatte noch eine halbe Stunde, bevor sie Feierabend machten.

«Mir gefällt es hier», sagte Al. «Jetzt ist es nicht mehr so laut. Weißt du noch, wie wir uns in New Orleans getroffen haben – damals war ich auf einem Schiff –, und wie wir in die Bar vom Monteleone gegangen sind, um noch einen zu nehmen, und dieser Junge, der aussah wie der heilige Sebastian, rief Leute aus mit dieser komischen Stimme, als würde er singen, und ich habe ihm einen Vierteldollar gegeben, damit er Mr. B. F. Slob ausruft?»

«Genauso hast du ‹Casa del Campo› ausgesprochen.»

«Stimmt», sagte er. «Ich muß jedesmal lachen, wenn ich daran denke.» Dann fuhr er fort: «Sie haben nämlich keine Angst mehr vor den Panzern. Niemand. Wir auch nicht. Aber sie sind immer noch nützlich. Richtig nützlich. Nur sind sie durch die Panzerabwehr jetzt so verdammt verwundbar geworden. Vielleicht sollte ich irgendwo sonst dabeisein. Nein, *eigentlich nicht*. Sie sind nämlich immer noch nützlich. Aber so, wie sie jetzt sind, muß man eine Berufung für die Dinger haben. Man braucht ein stark ausgeprägtes politisches Bewußtsein, um heutzutage ein guter Panzerfahrer zu sein.»

«Du bist ein guter Panzerfahrer.»

«Ich wäre morgen gern etwas anderes», sagte er. «Ich rede ziemlich rührseligen Kram, aber das darf man, wenn man niemandem damit schadet. Du weißt, ich mag die Panzer auch, aber wir verwenden sie nicht richtig, weil die Infanterie noch nicht genug gelernt hat. Die wollen nur, daß der gute alte Panzer vor ihnen her fährt und ihnen Feuerschutz gibt, während sie vorgehen. Das hat keinen Sinn. Dann gewöhnen sie sich daran, daß sie sich auf die Panzer verlassen können, und machen keinen Schritt mehr ohne Panzer. Manchmal schwärmen sie nicht mal mehr aus.»

«Ich weiß.»

«Aber, weißt du, wenn wir Panzerfahrer hätten, die was davon verstehen, würden sie vorneweg fahren und das MG-Feuer auf sich ziehen und dann hinter die Infanterie zurückfallen und auf das MG feuern und es ausschalten und der Infanterie Feuerschutz für ihren Angriff geben. Und andere Panzer könnten die MG-Nester überrollen, als wären sie Kavallerie. Und sie könnten einen Graben eingabeln, voll bestreichen und unter flankierendes Feuer nehmen. Und sie könnten Infanterie an den rechten Platz bringen oder ihren Vorstoß decken, wenn der Zeitpunkt günstig ist.»

«Aber statt dessen?»

«Statt dessen ist es so, wie es morgen auch wieder sein wird. Wir haben so verdammt wenig Geschütze, daß man uns als mehr oder weniger mobile gepanzerte Artillerie-Einheiten verwendet. Und sobald man stillsteht und nur noch leichte Artillerie ist, hat man die Beweglichkeit und damit die Sicherheit eingebüßt, und dann fangen sie an und nehmen einen mit den Panzerabwehrkanonen aufs Korn. Und wenn wir das nicht sind, dann sind wir einfach so eine Art eiserne Kinderwagen, die vor der Infanterie hergeschoben werden. Und in letzter Zeit weiß man nicht mehr, ob der Kinderwagen noch aus eigener Kraft fährt oder ob die Leute aussteigen müssen, um ihn zu schieben. Und man weiß nie, ob man noch jemanden hinter sich hat, wenn man ankommt.»

«Wie viele Panzer pro Brigade sind es jetzt?»

«Sechs pro Bataillon. Dreißig pro Brigade. Im Prinzip jedenfalls.»

«Komm doch jetzt mit und bade, und dann gehen wir essen.»

«Gut. Aber fang bloß nicht an, auf mich aufzupassen, und glaub bloß nicht, daß ich mir Sorgen mache, ich mache mir nämlich keine. Ich bin nur müde, und ich wollte ein bißchen reden. Und gib mir bitte auch keine moralische Unterstützung; wir haben nämlich einen Polit-Kommissar, und ich weiß, wofür ich kämpfe, und ich mache mir keine

Sorgen. Ich finde nur, daß alles einen gewissen Nutzeffekt haben und so sinnvoll wie möglich genutzt werden sollte.»

«Wie kommst du darauf, daß ich dir eine Moralpredigt halten will?»

«Ich hatte allmählich den Eindruck.»

«Ich habe nur versucht, zu erfahren, ob du ein Mädchen brauchst. Und ich wollte, daß du nicht allzu rührselig vom Sterben sprichst.»

«Schön. Ich will heute abend kein Mädchen, und ich werde so rührselig reden, wie es mir paßt, solange andere dabei nicht zu Schaden kommen. Kommst du dabei zu Schaden?»

«Komm jetzt mit und nimm ein Bad», sagte ich. «Dabei kannst du so rührselig schwafeln, wie du willst.»

«Und wer war deiner Ansicht nach der Kleine, der redete, als wüßte er alles?»

«Ich weiß es nicht», sagte ich. «Aber ich werd's herausfinden.»

«Er hat mir die Stimmung versaut», sagte Al. «Komm. Gehen wir.»

Der alte Kellner mit dem kahlen Kopf schloß die äußere Tür von Chicote auf und ließ uns auf die Straße.

«Wie geht es mit der Offensive voran, Genossen?» sagte er an der Tür.

«Alles okay, Genosse», sagte Al. «Geht ihren Gang.»

«Ich bin froh», sagte der Kellner. «Mein Junge ist in der Hundertfünfundvierzigsten Brigade. Habt ihr sie gesehen?»

«Ich bin bei den Panzern», sagte Al. «Der Genosse hier macht einen Film. Hast du die Hundertfünfundvierzigste gesehen?»

«Nein», sagte ich.

«Sie stehen hinten an der Straße nach Extremadura», sagte der alte Kellner. «Mein Junge ist Polit-Kommissar bei der MG-Kompanie seines Bataillons. Er ist mein Jüngster. Er ist zwanzig.»

«In welcher Partei bist du, Genosse?» fragte ihn Al.

«Ich bin in keiner Partei», sagte der Kellner. «Aber mein Junge ist Kommunist.»

«Das bin ich auch», sagte Al. «Die Offensive, Genosse, hat den entscheidenden Punkt noch nicht erreicht. Es ist sehr schwierig. Die Faschisten halten sehr starke Stellungen. Ihr müßt in der Etappe genauso tapfer sein, wie wir an der Front sein werden. Vielleicht gelingt es uns jetzt noch nicht, diese Stellungen zu nehmen, aber wir haben bewiesen, daß wir jetzt eine Armee haben, die zu einer Offensive fähig ist, und du wirst noch sehen, was sie alles schafft.»

«Und die Straße nach Extremadura?» fragte der alte Kellner, der sich immer noch an der Tür zu schaffen machte. «Ist es da sehr gefährlich?»

«Nein», sagte Al. «Da oben ist es gut. Wenn er da oben ist, brauchst du dir keine Sorgen um ihn zu machen.»

«Gott segne euch», sagte der Kellner. «Gott schütze und behüte euch.»

Draußen auf der dunklen Straße sagte Al: «Mein Gott, politisch ist er ganz schön konfus, was?»

«Er ist in Ordnung», sagte ich. «Ich kenne ihn schon lange.»

«Er sieht aus, als wäre er in Ordnung», sagte Al. «Aber politisch sollte er mal mit sich ins reine kommen.»

Das Zimmer im Florida war voller Leute. Sie hatten das Grammophon an, es war verqualmt, und auf dem Fußboden wurde Crap gespielt. Ständig kamen Genossen herein, um die Badewanne zu benutzen, und das Zimmer roch nach Rauch, Seife, dreckigen Uniformen und dem Dampf, der aus dem Badezimmer quoll.

Das spanische Mädchen, Manolita, ausgesprochen niedlich, sittsam gekleidet, irgendwie mit einer Art von falschem französischem Chic behaftet, überaus aufgeräumt, überaus würdig und mit eng beieinander stehenden Augen, saß auf dem Bett und sprach mit einem englischen Zeitungsmenschen. Wenn man von dem Grammophon absah, war der Lärm nicht schlimm.

«Das *ist* doch Ihr Zimmer?» sagte der englische Zeitungsmensch.

«Mein Name steht im Gästebuch», sagte ich. «Manchmal schlafe ich sogar hier.»

«Aber wem gehört der Whisky?» fragte er.

«Mir», sagte Manolita. «Die eine Flasche war leer, und da habe ich eine neue angeschafft.»

«Du bist ein braves Kind, Tochter», sagte ich. «Damit schulde ich dir schon drei.»

«Zwei», sagte sie. «Die andere war ein Geschenk.»

Es gab einen großen gekochten Schinken, rosig und mit weißen Rändern; er befand sich in einer halb geöffneten Dose auf dem Tisch neben meiner Schreibmaschine, und hin und wieder stand ein Genosse auf, schnitt sich mit dem Taschenmesser eine Scheibe Schinken ab und ging zurück zur Crap-Partie. Ich schnitt mir ebenfalls eine Scheibe Schinken ab.

«Du bist als nächster mit der Wanne dran», sagte ich zu Al. Er hatte sich im Zimmer umgesehen.

«Sehr hübsch hier», sagte er. «Woher kommt der Schinken?»

«Wir haben ihn bei der *Intendencia* einer Brigade gekauft», sagte sie. «Ist er nicht schön?»

«Wer ist *wir*?»

«Er und ich», sagte sie und sah den englischen Korrespondenten an. «Ist er nicht süß?»

«Manolita war sehr freundlich», sagte der Engländer. «Ich hoffe, wir stören Sie nicht.»

«Keine Spur», sagte ich. «Vielleicht brauche ich das Bett irgendwann, aber das wird noch dauern.»

«Wir können auch auf meinem Zimmer feiern», sagte Manolita. «Du bist doch nicht sauer, Henry?»

«Nie», sagte ich. «Wer sind die Genossen, die da Crap spielen?»

«Ich weiß es nicht», sagte Manolita. «Sie wollten ein Bad nehmen, und dann sind sie geblieben, um Crap zu spielen. Sie waren alle sehr nett. Kennst du schon meine schlechten Nachrichten?»

«Nein.»

«Sie sind wirklich schlecht. Du kennst doch noch meinen Verlobten, der bei der Polizei war und nach Barcelona ging?»

«Ja. Klar.»

Al ging ins Badezimmer.

«Er wurde bei einem Unfall erschossen, und bei der Polizei habe ich niemanden, auf den ich mich verlassen kann, und er hat mir nie die Papiere verschafft, die er mir versprochen hatte, und heute habe ich erfahren, daß ich verhaftet werden soll.»

«Warum?»

«Weil ich keine Papiere habe, und sie sagen, ich hänge immer mit euch herum, und ständig bin ich bei den Leuten von den Brigaden, und deshalb bin ich wahrscheinlich eine Spionin. Wenn mein Verlobter sich nicht hätte erschießen lassen, wäre wahrscheinlich alles in Ordnung. Willst du mir helfen?»

«Klar», sagte ich. «Dir passiert nichts, wenn du in Ordnung bist.»

«Ich glaube, ich bleibe vorsichtshalber lieber bei dir.»

«Und wenn du nicht in Ordnung bist, habe ich selber schuld, stimmt's?»

«Kann ich nicht bei dir bleiben?»

«Nein. Wenn du Schwierigkeiten kriegst, ruf mich an. Ich habe nie gehört, daß du jemandem militärische Fragen gestellt hättest. Ich glaube, du bist in Ordnung.»

«Ich bin *wirklich* in Ordnung», sagte sie dann und beugte sich herüber, fort vom Engländer. «Meinst du, es ist in Ordnung, wenn ich bei ihm bleibe? Ist *er* in Ordnung?»

«Woher soll ich das wissen?» sagte ich. «Ich habe ihn noch nie gesehen.»

«Und du bist doch sauer», sagte sie. «Wir wollen jetzt nicht darüber nachdenken, sondern alle fröhlich sein und zum Abendessen gehen.»

Ich ging zu den Crap-Spielern.

«Willst du abendessen gehen?»

«Nein, Genosse», sagte der Mann mit dem Würfel, ohne aufzublicken. «Willst du ins Spiel einsteigen?»

«Ich will was essen.»

«Wir sind noch da, wenn du zurückkommst», sagte ein anderer Crap-Spieler. «Nun komm schon, laß ihn rollen; ich laß dich sowieso verhungern.»

«Wenn du unterwegs auf Geld stoßen solltest, bring es einfach mit.»

Außer Manolita war noch jemand im Zimmer, den ich kannte. Er war von der Zwölften Brigade und er bediente das Grammophon. Er war ein Ungar, ein trauriger Ungar, keiner von der fröhlichen Sorte.

«Salud, camarade», sagte er. «Danke für deine Gastfreundschaft.»

«Spielst du nicht Crap?» fragte ich ihn.

«Ich habe die Art Geld nicht», sagte er. «Das sind Piloten, die feste Verträge haben. Söldner . . . Die kriegen tausend Dollar im Monat. Sie waren an der Teruel-Front, und jetzt sind sie hierhergekommen.»

«Und wieso sind sie jetzt in diesem Zimmer?»

«Einer von denen kennt dich. Aber er mußte weg zu seiner Einheit. Sie haben ihn mit dem Auto abgeholt, als das Spiel schon angefangen hatte.»

«Freut mich, daß du heraufgekommen bist», sagte ich. «Du kannst jederzeit wieder vorbeikommen, fühl dich ganz wie zu Hause.»

«Ich kam, um die neuen Platten zu spielen», sagte er. «Stört dich das auch nicht?»

«Nein. Prima. Trink was.»

«Ein bißchen Schinken», sagte er.

Einer der Crap-Spieler langte herauf und schnitt eine Scheibe Schinken ab.

«Du hast nicht zufällig diesen Henry gesehen,

den Menschen, dem das Zimmer hier gehört?» fragte er mich.

«Das bin ich.»

«Oh», sagte er. «Entschuldige. Willst du mitspielen?»

«Später», sagte ich.

«Okay», sagte er. Dann stopfte er sich den Mund voll Schinken. «Hör mal, du komischer Weltumsegler. Schmeiß meinetwegen die Würfel gegen die Wand, aber würfle endlich.»

«Das wird dir auch nichts nützen, Genosse», sagte der Mann mit den Würfeln.

Al kam aus dem Badezimmer. Er sah rundherum sauber aus, aber er hatte noch Flecken um die Augen.

«Die kannst du mit einem Handtuch entfernen», sagte ich.

«Was?»

«Sieh doch noch mal in den Spiegel.»

«Zuviel Dampf», sagte er. «Zum Teufel damit, ich fühle mich sauber.»

«Komm, wir gehen essen», sagte ich. «Komm mit, Manolita. Kennt ihr euch?»

Ich beobachtete, wie ihre Augen zu Al hinüberhuschten.

«Wie geht's?» sagte Manolita.

«Klingt erstklassig», sagte der Engländer. «Gehen wir essen. Aber wo?»

«Spielen die da Crap?» sagte Al.

«Hast du das nicht gesehen, als du reingekommen bist?»

«Nein», sagte er. «Da habe ich nur den Schinken gesehen.»

«Es ist Crap.»

«Geht ihr mal essen», sagte Al. «Ich bleibe hier.»

Als wir hinausgingen, saßen sie zu sechst auf dem Fußboden, und Al Wagner griff hinauf, um eine Scheibe Schinken abzuschneiden.

«Was machst du, Genosse?» hörte ich einen der Flieger zu Al sagen.

«Panzer.»

«Ich habe gehört, sie sollen nicht mehr so gut sein», sagte der Flieger.

«Man hört eine ganze Menge», sagte Al. «Was hast du denn da? Würfel?»

«Willst du sie mal sehen?»

«Nein», sagte Al. «Ich will damit würfeln.»

Wir gingen durch die Empfangshalle, Manolita, ich und der große Engländer, und sahen, daß die Jungens bereits zu dem Restaurant in der Gran Vía aufgebrochen waren. Der Ungar war im Hotel geblieben, um die neuen Platten noch einmal zu hören. Ich hatte großen Hunger, und das Essen im Gran Vía war lausig. Die beiden, die den Film drehten, hatten schon gegessen und waren zurückgegangen, um an der defekten Kamera zu arbeiten.

Das Restaurant lag im Keller, und man mußte an einer Wache vorbei und durch die Küche und eine

Treppe hinunter, um hinzukommen. Es war ein Neppladen.

Es gab eine Wassersuppe mit Hirse, gelben Reis mit Pferdefleisch und zum Nachtisch Apfelsinen. Es hatte noch Kichererbsen mit Wurst gegeben, und alle sagten, es sei fürchterlich gewesen, aber das Gericht war ihnen ausgegangen. Die Zeitungsleute saßen alle an einem Tisch, und an den anderen Tischen saßen Offiziere und Mädchen von Chicote, Leute von der Zensur, die damals im Telefon-Gebäude gegenüber untergebracht war, und verschiedene unbekannte Bürger.

Das Restaurant wurde von einem anarchistischen Syndikat geführt, und sie verkauften einem Wein, der mit dem Siegel der königlichen Kellereien versehen war, und auf den Etiketten stand das Datum der Einkellerung. Der meiste Wein war so alt, daß er entweder korkig oder umgekippt und völlig verdorben war. Man kann Etiketten nicht trinken, und ich ließ drei Flaschen als ungenießbar zurückgehen, bevor wir eine trinkbare bekamen. Deshalb gab es Streit.

Die Kellner kannten die verschiedenen Weine nicht. Sie brachten einem einfach eine Flasche, und wenn man Pech hatte, hatte man eben Pech. Kein Vergleich mit den Kellnern bei Chicote. Die Kellner hier waren alle patzig, bekamen zu hohe Trinkgelder, und sie hatten regelmäßig spezielle Gerichte wie Hummer oder Hühnchen auf Lager, die sie zusätzlich zu gigantischen Preisen verkauften. Aber diese Menüs hatten längst ihre Liebhaber gefunden, bevor wir kamen, so daß wir die Suppe, den Reis und die Apfelsinen nahmen. Das Lokal machte mich immer wütend, weil die Ober eine üble Bande von Kriegsgewinnlern waren, und wenn man eins der Spezialgerichte nahm, war es so teuer wie das Twenty One oder das Colony in New York.

Wir saßen an unserem Tisch und hatten eine Flasche Wein, die nicht ganz schlecht war, das heißt, man schmeckte, daß sie kurz vorm Umkippen war, aber sie war nicht schlecht genug, um deshalb Krach zu schlagen, als Al Wagner hereinkam. Er sah sich im Raum um, sah uns und kam herüber.

«Was ist los?» sagte ich.

«Sie haben mich ausgenommen», sagte er.

«Das hat ja nicht sehr lange gedauert.»

«Bei den Burschen nicht», sagte er. «Die spielen hoch. Was gibt es zu essen?»

Ich rief den Kellner.

«Es ist zu spät», sagte er. «Wir können nichts mehr servieren.»

«Dieser Genosse ist bei den Panzern», sagte ich. «Er hat den ganzen Tag gekämpft und wird morgen wieder kämpfen, und er hat noch nichts gegessen.»

«Das ist nicht meine Schuld», sagte der Kellner. «Es ist zu spät. Es gibt nichts mehr. Warum ißt der

Genosse nicht bei seiner Einheit? Die Armee hat viel zu essen.»

«Ich hatte ihn eingeladen.»

«Das hätten Sie vorher sagen sollen. Jetzt ist es zu spät. Wir servieren nicht mehr.»

«Holen Sie den Oberkellner.»

Der Oberkellner sagte, der Koch sei nach Hause gegangen und in der Küche sei kein Feuer mehr. Er ging fort. Sie waren wütend, weil wir den schlechten Wein zurückgeschickt hatten.

«Zum Teufel damit», sagte Al. «Gehen wir woanders hin.»

«Um diese Zeit kriegt man nirgends mehr was zu essen. Sie haben was zu essen. Ich muß einfach mal hingehen und dem Oberkellner in den Arsch kriechen und ihm etwas mehr Geld geben.»

Ich ging hin und tat genau das, und der verdrießliche Kellner brachte einen Teller mit kaltem Fleisch in Scheiben, dann einen mageren halben Hummer mit Mayonnaise und eine Portion Kopfsalat mit Linsen. Der Oberkellner verkaufte das aus privaten Beständen, die er angelegt hatte, um sie entweder mit nach Hause zu nehmen oder an späte Gäste zu verkaufen.

«Hat das viel gekostet?» fragte Al.

«Nein», log ich.

«Ich wette doch», sagte er. «Ich bringe das in Ordnung, wenn ich meinen Sold habe.»

«Wieviel kriegst du jetzt?»

«Ich weiß es noch nicht. Es waren zehn Pesetas pro Tag, aber als Offizier kriege ich jetzt mehr. Aber wir haben das Geld noch nicht bekommen, und ich habe nicht gefragt.»

«Genosse!» rief ich den Kellner. Er kam und war immer noch wütend, weil der Oberkellner Al über seinen Kopf hinweg doch noch bedient hatte. «Bringen Sie bitte noch eine Flasche Wein.»

«Welche Sorte?»

«Irgendeine, nicht zu alt, so daß das Rot noch nicht ganz ausgeblichen ist.»

«Sie sind alle gleich.»

Ich sagte das spanische Äquivalent von «Sind sie nicht, verdammt!», und der Kellner brachte eine Flasche Château Mouton-Rothschild 1906, die so gut war, wie der letzte Claret, den wir getrunken hatten, schlimm gewesen war.

«Mann, das ist ein Wein», sagte Al. «Was hast du zu ihm gesagt, daß er den geholt hat?»

«Nichts. Er hat ins Regal gegriffen und einfach ein gutes Los gezogen.»

«Das meiste von diesem Zeug aus dem Palast ist widerlich.»

«Es ist zu alt. Hier ist sowieso ein ganz übles Klima für Wein.»

«Da drüben sitzt der allwissende Genosse.» Al nickte zu einem anderen Tisch hinüber.

Der kleine Mann mit den dicken Brillengläsern, der uns von Largo Caballero erzählt hatte, sprach mit ein paar Leuten, von denen ich wußte, daß sie tatsächlich ziemlich hohe Tiere waren.

«Ich glaube, er ist ein hohes Tier», sagte ich.

«Wenn sie weit genug oben sind, ist es ihnen völlig wurscht, was sie sagen. Aber er hätte damit bis übermorgen warten können. Es hat mir irgendwie den ganzen morgigen Tag verdorben.»

Ich goß ihm ein.

«Was er gesagt hat, klang ganz schön vernünftig», fuhr Al fort. «Ich habe darüber nachgedacht. Aber es ist meine Pflicht, das zu tun, was mir befohlen wird.»

«Mach dir darüber keine Sorgen und schlaf ein bißchen.»

«Ich möchte noch mal zu dem Spiel zurück, wenn du mir tausend Pesetas leihst», sagte Al. «Ich kriege sehr viel mehr als die tausend, und ich gebe dir einen Schuldschein auf meinen Sold.»

«Ich will keinen Schuldschein. Du kannst zahlen, wenn du das Geld hast.»

«Ich glaube nicht, daß ich es noch abholen werde», sagte Al. «Jetzt rede ich aber wirklich rührselig, was? Und ich weiß auch, daß das Glücksspiel individualistisch und dekadent ist. Aber so ein Spiel ist das einzige, wobei ich nicht an morgen denke.»

«Hat dir das Mädchen gefallen – Manolita? Sie mochte dich.»

«Sie hat Augen wie eine Schlange.»

«Sie ist kein übles Mädchen. Sie ist nett und in Ordnung.»

«Ich will kein Mädchen. Ich will zurück zum Crap-Spiel.»

Weiter unten am Tisch lachte Manolita über etwas, das der neue Engländer auf spanisch gesagt hatte. Die meisten Leute hatten unseren Tisch verlassen.

«Wir trinken den Wein aus und gehen», sagte Al. «Hast du keine Lust mitzuspielen?»

«Ich sehe dir ein bißchen zu», sagte ich und rief den Kellner, damit er uns die Rechnung brachte.

«Wo geht ihr hin?» rief Manolita von ihrem Ende des Tischs.

«Aufs Zimmer.»

«Wir kommen später auch vorbei», sagte sie. «Dieser Mann ist sehr komisch.»

«Sie macht sich in geradezu grauenhafter Weise über mich lustig», sagte der Engländer. «Sie weidet sich an den Fehlern, die ich in Spanisch mache. Ich meine, *leche* heißt doch Milch, oder?»

«Das ist *eine* Interpretation.»

«Bedeutet es denn noch etwas Viehisches?»

«Ich fürchte», sagte ich.

«Es ist aber auch eine viehische Sprache», sagte er. «Und jetzt hör auf, mich an der Nase herumzuführen, Manolita. Hör auf, habe ich gesagt.»

«Ich führe dich nicht an der Nase», lachte Manolita. «Ich habe deine Nase gar nicht angefaßt. Ich lache nur über die *leche.*»

«Aber es *heißt* doch Milch. Hast du nicht gehört, Edwin Henry hat es auch gesagt.»

Manolita fing wieder an zu lachen, und wir standen auf, um zu gehen.

«Ganz schön dämlich, der Mann», sagte Al. «Mir wäre fast danach, sie mitzunehmen, so dämlich ist er.»

«Bei Engländern weiß man nie», sagte ich. Das war eine so tiefsinnige Bemerkung, daß mir klar wurde: wir hatten zu viele Flaschen bestellt. Draußen, auf der Straße, wurde es kalt, und im Licht des Mondes glitten die Wolken sehr groß und weiß über die weite, von Gebäuden gesäumte Schlucht der Gran Vía dahin, und wir gingen auf dem Trottoir mit den frischen, säuberlich in den Zement getriebenen Löchern von den Granateinschlägen des heutigen Tages, gingen über den Schutt, den sie noch nicht weggefegt hatten, den Hügel hinauf bis zur Plaza Callao, an der das Hotel Florida auf den anderen kleinen Hügel hinabblickte, über den die breite Straße führte, die an der Front endete.

Wir passierten die beiden Wachen, die vor der Hoteltür in der Dunkelheit standen, und lauschten im Portal einen Moment auf die Schüsse am Ende der Straße: das Feuer verstärkte sich zu einem Wirbel und nahm dann wieder ab.

«Wenn das so weitergeht, muß ich, glaube ich, hin», sagte Al und horchte aufmerksam.

«Das war gar nichts», sagte ich. «Außerdem war das viel weiter links, in Richtung Carabanchel.»

«Es hat sich angehört, als wäre es direkt drüben im Campo.»

«Nachts brechen sich hier die Geräusche. Da irrt man sich immer wieder.»

«Heute nacht kommt kein Gegenangriff mehr», sagte Al. «Wenn sie diese Stellungen haben, und wir oben in dem Bach sind, werden sie ihre Stellungen doch nicht verlassen, um uns aus dem Bach zu jagen.»

«Aus welchem Bach?»

«Du weißt, wie der Bach heißt.»

«Oh. *Der* Bach.»

«Genau. Der Dünnschißbach. Stromaufwärts. Ohne Paddel.»

«Komm jetzt rein. Du hättest dir das Geschieße nicht anhören müssen. Das ist jede Nacht so.»

Wir gingen hinein, durchquerten die Empfangshalle, gingen an dem Genossen vorbei, der am Pult des Concierge die Nachtwache hatte, und er stand auf und ging mit uns zum Aufzug. Er drückte auf einen Knopf, und der Aufzug kam herunter. In der Kabine war ein Mann mit einer weißen, lockigen Jacke aus Schafsfell, die Wolle nach außen, einem rosafarbenen kahlen Kopf und einem rosafarbenen ärgerlichen Gesicht. Er hatte sechs Flaschen Champagner unter den Armen und in den Händen, und er sagte: «Warum zum Teufel holt ihr den Aufzug runter?»

«Sie fahren jetzt schon seit einer Stunde mit dem Aufzug», sagte der Nachtwächter.

«Ich kann nichts dafür», sagte der Mann mit der Felljacke. Dann, zu mir: «Wo ist Frank?»

«Welcher Frank?»

«Du kennst Frank», sagte er. «Komm schon und hilf mir mit diesem Aufzug.»

«Du bist betrunken», sagte ich zu ihm. «Komm, hör auf und laß uns nach oben fahren.»

«Du wärst genauso besoffen», sagte der Mann mit der weißen Felljacke. «Genauso besoffen, Genosse, alter Genosse. Hör mal, wo ist Frank?»

«Wo könnte er denn sein, was meinst du?»

«In dem Zimmer von diesem Henry, wo Crap gespielt wird.»

«Komm mit», sagte ich. «Spiel nicht an den Knöpfen herum. Deshalb hältst du doch den Aufzug immer wieder an.»

«Ich kann alles fliegen», sagte der Mann mit der Felljacke. «Ich kann auch diesen alten Aufzug fliegen. Wollt ihr ein paar Kunststücke sehen?»

«Hör auf», sagte Al zu ihm. «Du bist betrunken. Wir wollen zum Crap-Spiel.»

«Wer bist du? Ich schlage dir eine Flasche voll Champagnerwein über den Schädel.»

«Versuch's doch», sagte Al. «Ich würde dich

gern ruhigstellen, du besoffener, nachgemachter Weihnachtsmann.»

«Ein besoffener, nachgemachter Weihnachtsmann», sagte der Kahlkopf. «Ein besoffener, nachgemachter Weihnachtsmann. Das ist also der Dank der Republik.»

Wir hatten den Lift auf meiner Etage angehalten und gingen durch den Flur. «Wollt ihr ein paar Flaschen?» sagte der Kahlkopf. Dann: «Wißt ihr, warum ich betrunken bin?»

«Nein.»

«Dann sage ich es euch auch nicht. Aber ihr würdet euch wundern. Ein besoffener, nachgemachter Weihnachtsmann. Gut, gut, gut. Bei welcher Waffengattung bist du, Genosse?»

«Panzer.»

«Und du, Genosse?»

«Ich mache einen Film.»

«Und ich bin ein besoffener, nachgemachter Weihnachtsmann. Gut. Gut. Gut. Ich wiederhole: Gut. Gut. Gut.»

«Von mir aus kannst du drin versaufen», sagte Al. «Du besoffener, nachgemachter Weihnachtsmann.»

Inzwischen standen wir vor meinem Zimmer. Der Mann mit der weißen Felljacke ergriff Al mit Daumen und Zeigefinger am Arm.

«Du machst mir Spaß, Genosse», sagte er, «du machst mir richtig Spaß.»

Ich öffnete die Tür. Das Zimmer war voller Rauch, und das Spiel sah mehr oder weniger genauso aus, wie wir es verlassen hatten; allerdings war der Schinken vom Tisch verschwunden, und die Flasche enthielt keinen Whisky mehr.

«Da kommt Glatze», sagte einer der Crap-Spieler.

«Wie geht's, Genossen?» sagte Glatze und verbeugte sich. «Wie geht's? Wie geht's? Wie geht's?»

Die Spieler hörten auf zu spielen und begannen, ihn mit Fragen zu bombardieren.

«Ich habe meinen Bericht abgeliefert, Genossen», sagte Glatze. «Und hier ist ein bißchen Champagnerwein. Ich bin inzwischen nur noch am malerischen Aspekt der ganzen Angelegenheit interessiert.»

«Wo haben denn deine Begleitflieger die Kurve gekratzt?»

«Es war nicht ihre Schuld», sagte Glatze. «Ich war in die Betrachtung eines grandiosen Schauspiels versunken und nicht *ein*gedenk der Tatsache, daß ich auch noch Begleitflieger hatte, bis plötzlich all diese Fiats über mir, hinter mir und unter mir waren und ich mir des Umstands bewußt wurde, daß mein treues kleines Flugzeug keinen Schwanz mehr hatte.»

«Mann, mir wäre lieber, wenn du nicht besoffen wärst», sagte einer der Flieger.

«Ich *bin* aber besoffen», sagte Glatze. «Und ich

hoffe, daß ihr euch mir alle anschließt, meine Herren und Genossen, denn ich bin heute abend sehr glücklich, obschon mich ein ignoranter Panzerfahrer beleidigt hat, indem er mich einen besoffenen, nachgemachten Weihnachtsmann nannte.»

«Mir wäre lieber, wenn du nüchtern wärst», sagte der andere Flieger. «Wie bist du zu deiner Einheit zurückgekommen?»

«Stellt mir keine Fragen», sagte Glatze mit großer Würde. «Ich bin mit einem Dienstwagen der Zwölften Brigade zurückgekehrt. Als ich mit meinem getreuen Fallschirm landete, herrschte zunächst die Tendenz, mich als kriminellen Faschisten zu betrachten, da ich die spranische Spache nicht heberrsche. Die Wogen glätteten sich jedoch, als ich sie von meiner Identität überzeugen konnte, und daraufhin behandelte man mich mit ausgesuchter Zuvorkommenheit. Oh Mann, ihr hättet die Ju sehen sollen, als sie anfing zu brennen. Das beobachtete ich nämlich gerade, als sich die Fiats auf mich stürzten. Oh Mann, wenn ich euch das nur erzählen könnte.»

«Er hat heute eine dreimotorige Ju 52 über dem Jarama abgeschossen, und seine Begleitflieger haben ihn im Stich gelassen, und er wurde abgeschossen und ist mit dem Fallschirm abgesprungen», sagte einer der Flieger. «Ihr kennt ihn. Glatze Jackson.»

«Wie weit bist du gefallen, bevor du die Reißleine gezogen hast, Glatze?» fragte ein anderer Flieger.

«Gut und gern zweitausend Meter, und ich glaube, mir ist vorn das Zwerchfell geplatzt, als das Ding sich straffte. Ich dachte, es zerfetzt mich in zwei Hälften. Da müssen fünfzehn Fiats unterwegs gewesen sein, und ich wollte ganz sichergehen. Ich mußte wie ein Irrer an dem Fallschirm herumspielen, um auf der richtigen Seite des Flusses zu landen. Ich mußte jede Menge slippen und bin ziemlich hart aufgekommen. Der Wind stand günstig.»

«Frank mußte zurück nach Alcalá», sagte ein anderer Pilot. «Wir haben eine Partie Crap gespielt. Wir müssen vor Tagesanbruch zurück.»

«Ich bin nicht in der Stimmung, mit Würfeln zu spielen», sagte Glatze. «Ich bin in der Stimmung, Champagnerwein aus Gläsern zu trinken, in denen Zigarettenkippen schwimmen.»

«Ich gehe sie waschen», sagte Al.

«Für den Genossen Nachgemachter Weihnachtsmann», sagte Glatze. «Für den guten alten Genossen Nikolaus.»

«Hör auf», sagte Al. Er nahm die Gläser und trug sie ins Badezimmer.

«Ist er bei den Panzern?» fragte einer der Flieger.

«Ja. Er ist von Anfang an dabei.»

«Ich habe gehört, die Panzer taugen nichts mehr», sagte ein Flieger.

«Das hast du ihm schon mal gesagt», sagte ich.

«Warum läßt du's nicht einfach? Er hat den ganzen Tag gearbeitet.»

«Wir auch. Aber mal ernsthaft: Sie taugen nichts, oder?»

«Nicht übermäßig viel. Aber er taugt was.»

«Ich glaube auch, daß er in Ordnung ist. Sieht aus wie ein netter Kerl. Was verdient er denn so?»

«Sie kriegen zehn Pesetas pro Tag», sagte ich. «Jetzt bezieht er den Sold eines Leutnants.»

«Spanischer Leutnant?»

«Ja.»

«Dann würde ich sagen, er ist verrückt. Oder hat es ihn politisch erwischt?»

«Genau. Politisch.»

«Oha», sagte er. «Das erklärt alles. Sag mal, Glatze, das muß doch beschissen gewesen sein, bei dem Wind und ohne Schwanz auszusteigen.»

«Ja, Genosse», sagte Glatze.

«Was für ein Gefühl hattest du dabei?»

«Ich habe die ganze Zeit gedacht, Genosse.»

«Wie viele sind aus der Ju abgesprungen, Glatze?»

«Vier», sagte Glatze, «von insgesamt sechs Mann. Ich war sicher, daß ich den Piloten getroffen habe. Ich habe gemerkt, wie er aufhörte, zu schießen. Der Co-Pilot ist ebenfalls Schütze, und ich bin ziemlich sicher, daß ich den auch erwischt habe. Ich muß ihn erwischt haben; er hat nämlich ebenfalls aufgehört, zu schießen. Aber vielleicht war es auch nur die Hitze. Auf jeden Fall sind vier Mann ausgestiegen. Wollt ihr, daß ich die Szene schildere? Ich kann die Szene hervorragend schildern.»

Er saß jetzt auf dem Bett, hatte ein großes Wasserglas mit Champagner in der Hand, und sein rosiger Kopf und sein rosiges Gesicht waren schweißüberströmt.

«Warum prostet mir niemand zu?» fragte Glatze. «Ich möchte, daß alle Genossen auf mein Wohl trinken, und dann werde ich die Szene in all ihren Schrecken und in all ihrer Schönheit beschreiben.»

Wir tranken alle.

«Wo war ich stehengeblieben?» fragte Glatze.

«Vor dem Hotel McAlester», sagte ein Flieger. «Mit all deinen Schrecken und in all deiner Schönheit . . . Hör auf zu blödeln, Glatze. Merkwürdig genug, aber uns interessiert das.»

«Ich werde es beschreiben», sagte Glatze. «Aber zuerst brauche ich noch etwas Champagnerwein.» Er hatte sein Glas geleert, als wir ihm zutranken.

«Wenn er so weitertrinkt, schläft er uns ein», sagte ein anderer Flieger. «Gebt ihm nur ein halbes Glas.»

Glatze trank es aus.

«Ich werde alles beschreiben», sagte er. «Nur noch einen kleinen Drink.»

«Hör zu, Glatze, übertreib's nicht. Wir wollen das genauer wissen. Du hast jetzt ein paar Tage lang keine Mühle, aber wir fliegen morgen, und deshalb ist das für uns sowohl wichtig als auch interessant.»

«Ich habe einen Bericht angefertigt», sagte Glatze. «Bei der Einheit könnt ihr ihn lesen. Die haben bestimmt einen Durchschlag.»

«Mach schon, Glatze. Hör mit den Albernheiten auf.»

«Ich werde alles zu seiner Zeit beschreiben», sagte Glatze. Er machte die Augen mehrmals auf und zu und sagte dann zu Al: «Hallo, Genosse Nikolaus. Ich werde es beschreiben, wenn die Zeit reif ist. Ihr müßt lediglich zuhören, Genossen.»

Und er beschrieb es.

«Es war sehr seltsam und sehr schön», sagte Glatze und trank Champagner aus seinem Glas.

«Schluß jetzt, Glatze», sagte ein Flieger.

«Tiefgehende Empfindungen wurden mir zuteil», sagte Glatze. «Überaus tiefliegende Empfindungen. Empfindungen ganz besonderer Art.»

«Kommt, wir fahren zurück nach Alcalá», sagte ein Flieger. «Aus diesem rosa Kopf kriegen wir doch nichts Vernünftiges heraus. Was ist mit unserem Spiel?»

«Er wird schon noch etwas Vernünftiges sagen», meinte ein anderer Flieger. «Er muß sich erst mal aufziehen.»

«Kritisiert ihr mich etwa?» fragte Glatze. «Ist *das* der Dank der Republik?»

«Hör mal, Weihnachtsmann», sagte Al. «Wie war es?»

«Fragst du mich?» Glatze starrte ihn an. «Bist *du* es, der mir Fragen stellt? Warst du jemals in kriegerische Handlungen verwickelt, Genosse?»

«Nein», sagte Al. «Die Augenbrauen habe ich mir beim Rasieren abgebrannt.»

«Laß ruhig die Hose an, Genosse», sagte Glatze. «Ich werde die seltsame und schöne Szene beschreiben. Ich bin nämlich nicht nur Pilot, sondern auch Schriftsteller.»

Er nickte mit dem Kopf, um seine eigene Feststellung zu bestätigen.

«Er schreibt für den *Argus* in Meridian, Mississippi», sagte ein Flieger. «Und zwar ständig. Er läßt es sich nicht verbieten.»

«Ich habe schriftstellerisches Talent», sagte Glatze. «Ich habe ein frisches, unverbrauchtes Talent für die Kunst der Beschreibung. Ich besitze einen Zeitungsausschnitt, den ich verloren habe, in dem das bestätigt wird. Nunmehr werde ich mich in die Beschreibung stürzen.»

«Okay. Wie hat es ausgesehen?»

«Genossen», sagte Glatze. «Es war unbeschreiblich.» Er hielt sein Glas zum Nachfüllen hin.

«Was habe ich euch gesagt?» sagte ein Flieger. «Man kriegt aus ihm nichts Vernünftiges heraus, und wenn es einen Monat dauert. Das war schon immer so.»

«Du», sagte Glatze, «du unglückseliger kleiner Bursche. Na schön. Als ich in Schräglage abschwirrte, blickte ich unter mich, und natürlich zog die Ju schwarzen Rauch hinter sich her, aber sie blieb voll auf Kurs, um über die Berge zu kommen. Sie verlor schnell an Höhe, ich zog meine Mühle hoch, war über ihr und stieß noch einmal auf sie herab. Zu der Zeit hatte ich meine Begleitflieger noch, und die Ju schmierte ab und fing an, doppelt so stark zu qualmen, und dann ging die Klappe der Kanzel auf, und es war ein Anblick, wie wenn man in einen brennenden Ofen starrt, und dann fingen sie an auszusteigen. Ich hatte mich halb überschlagen, dann tauchte ich weg und zog wieder hoch und sah mich um nach unten, und da kamen sie heraus, aus der Ofentür, fielen heraus und versuchten, Abstand zu gewinnen, und die Fallschirme öffneten sich und sahen aus wie riesengroße, schöne Trichterwinden, die gerade erblühen, und die Ju war nur noch ein großes Ding aus Feuer, wie ihr es noch nie gesehen habt, und sie drehte sich immer wieder um sich selbst, und da waren die vier Fallschirme, so schön anzuschauen wie nur irgendwas, langsam vor dem Himmel treibend, und dann fing einer an, am Rand zu brennen, und als er brannte, fiel der Mann immer schneller, und ich beobachtete ihn gerade, als die ersten Kugeln kamen, und die Fiats gleich hinterher und die Kugeln und die Fiats.»

«Du bist tatsächlich ein Schriftsteller», sagte ein

Flieger. «Du solltest mal was für *War Aces* schreiben. Macht es dir was aus, mir in einfachen Worten zu erzählen, was passiert ist?»

«Nein», sagte Glatze. «Ich werde es dir erzählen. Aber weißt du, ganz im Ernst, es war schon ein Anblick. Und ich hatte vorher noch nie eine große dreimotorige Junkers abgeschossen, und ich bin glücklich.»

«Wir sind alle glücklich, Glatze. Und nun erzähl uns, was wirklich passiert ist.»

«In Ordnung», sagte Glatze. «Ich trinke nur noch ein bißchen Wein, und dann erzähle ich es euch.»

«Wie seid ihr geflogen, als du sie in Sicht bekamst?»

«Wir waren in einer linken Staffel von Viscounts. Dann haben wir die Formation geändert und sind als linke Staffel von mehreren Staffeln geflogen und haben aus allen vier Rohren auf sie geschossen, bis sie fast zum Greifen nah waren, bevor wir uns wieder aus dem Staube machten. Drei andere haben wir schwer beschädigt. Die Fiats hingen oben in der Sonne. Sie sind erst heruntergekommen, als ich ganz allein die Szenerie auf mich einwirken ließ.»

«Sind deine Begleitflieger verduftet?»

«Nein. Es war meine Schuld, daß ich das Schauspiel betrachtete und daß sie plötzlich nicht mehr da waren. Es gibt keine Formation, in der man Schauspiele betrachten kann. Ich glaube, sie sind weitergeflogen und haben sich wieder der Staffel angeschlossen. Ich weiß es nicht. Fragt mich nicht. Und erschöpft bin ich auch. Ich war so aufgekratzt. Aber jetzt bin ich erschöpft.»

«Du meinst, du bist müde. Du bist besoffen und müde.»

«Ich bin einfach erschöpft», sagte Glatze. «Ein Mann in meiner Stellung hat das Recht, erschöpft zu sein. Und wenn ich müde werde, habe ich das Recht, müde zu sein. Stimmt's, Weihnachtsmann?» sagte er zu Al.

«Unbedingt», sagte Al. «Ich glaube, du hast das Recht, müde zu sein. Sogar ich bin müde. Wird hier denn gar nicht mehr Crap gespielt?»

«Wir müssen ihn nach Alcalá schaffen, und wir müssen auch nach Alcalá», sagte ein Flieger. «Warum? Hast du Geld verloren?»

«Ein wenig», sagte Al.

«Willst du eine Runde aussetzen?» fragte ihn der Flieger.

«Mit tausend bin ich dabei», sagte Al.

«Ich lasse dich eine Runde aussetzen», sagte der Flieger. «Ihr verdient doch nicht viel, oder?»

«Nein», sagte Al. «Wir verdienen nicht viel.»

Er legte den Tausend-Peseta-Schein auf den Fußboden, rollte die Würfel zwischen den Handflächen, so daß sie klickten, und ließ sie dann mit einem Fingerschnippen über den Fußboden rollen. Zweimal die Eins.

«Es sind immer noch deine Würfel», sagte der Flieger, nahm den Geldschein und sah Al an.

«Ich brauche sie nicht mehr», sagte Al. Er stand auf.

«Brauchst du Kohle?» fragte ihn der Flieger. Und sah ihn dabei merkwürdig an.

«Kein Bedarf», sagte Al.

«Wir müssen jetzt aber wirklich wie die Teufel nach Alcalá», sagte der Flieger. «Wir holen das Spiel bald mal abends nach. Dazu schnappen wir uns Frank und die übrige Bande. Wir könnten eine ganz gute Runde zusammenkriegen. Können wir dich irgendwohin mitnehmen?»

«Ja. Können wir dich mitnehmen?»

«Nein», sagte Al. «Ich gehe zu Fuß. Es ist nur ein Stück die Straße hinunter.»

«Also, wir müssen jetzt nach Alcalá. Weiß jemand die Parole für heute nacht?»

«Der Fahrer wird sie haben. Er ist bestimmt da vorbeigefahren und hat sie sich besorgt, bevor es dunkel wurde.»

«Komm mit, Glatze. Du besoffener, müder Penner.»

«Ich nicht», sagte Glatze. «Ich bin ein potentielles As der Armee des Volkes.»

«Um ein As zu werden, braucht man zehn. Sogar, wenn man Italiener mitzählt. Du hast erst einen, Glatze.»

«Es waren keine Italiener», sagte Glatze. «Es

waren Deutsche. Und ihr habt die Ju nicht gesehen, als sie so von innen glühte. Sie war ein tobendes Inferno.»

«Tragt ihn hinaus», sagte ein Flieger. «Er schreibt schon wieder für diese Zeitung in Meridian, Mississippi. Na, bis dann. Danke, daß wir dein Zimmer benutzen konnten.»

Sie gaben mir alle die Hand und gingen. Ich begleitete sie bis zum Treppenabsatz. Der Aufzug war nicht mehr in Betrieb, und ich beobachtete sie, wie sie Treppen hinuntergingen. Glatze wurde zu beiden Seiten von einem flankiert, und er nickte langsam mit dem Kopf. Jetzt war er wirklich müde.

In ihrem Zimmer arbeiteten die beiden, mit denen ich den Film machte, immer noch an der defekten Kamera. Es war eine schwierige Arbeit, anstrengend für die Augen, und als ich fragte: «Glaubt ihr, ihr schafft es?», sagte der Größere der beiden: «Ja. Klar. Wir müssen ja. Ich baue gerade ein kaputtes Teil neu.»

«Wie war die Party?» fragte der andere. «Wir haben ja immer mit dieser verdammten Kamera zu tun.»

«Amerikanische Flieger», sagte ich. «Und ein Mann, den ich schon lange kenne. Er ist bei den Panzern.»

«Hat's Spaß gemacht? Schade, daß ich nicht dabei war.»

«Es ging», sagte ich. «Ganz lustig.»

«Du mußt jetzt schlafen. Morgen müssen wir alle früh raus. Wir müssen für morgen frisch sein.»

«Wieviel habt ihr denn noch an dieser Kamera zu tun?»

«Da. Wieder im Eimer. Diese Art Federn gehört verboten.»

«Laß ihn zufrieden. Wir bringen das hier zu Ende, und dann legen wir uns alle hin. Wann holst du uns ab?»

«Fünf?»

«In Ordnung. Sobald es hell ist.»

«Gute Nacht.»

«Salud. Geh jetzt schlafen.»

«Salud», sagte ich. «Morgen müssen wir näher ran.»

«Ja», sagte er. «Das habe ich mir auch gedacht. Viel näher ran. Ich bin froh, daß du das weißt.»

Al schlief auf dem großen Stuhl im Zimmer, und die Lampe schien ihm ins Gesicht. Ich legte ihm eine Decke über, aber er wachte auf.

«Ich gehe jetzt.»

«Schlaf hier. Ich stelle den Wecker und sage dir Bescheid.»

«Und wenn der Wecker nicht klingelt?» sagte er. «Ich gehe lieber runter. Ich möchte nicht zu spät da sein.»

«Tut mir leid mit den Craps.»

«Sie hätten mich sowieso geschafft», sagte er. «Mit Würfeln sind diese Burschen reines Gift.»

«In der letzten Runde hattest du noch einen Wurf.»

«Mit Vorgabe sind sie immer noch reines Gift. Außerdem sind sie äußerst merkwürdige Herren. Ich glaube nicht, daß sie überbezahlt sind. Ich glaube, wenn man es tatsächlich für Geld macht, gibt es gar nicht genug Geld, damit sich so was lohnt.»

«Soll ich dich begleiten?»

«Nein», sagte er, stand auf und schnallte sich sein geflochtenes Colt-Halfter um, das er abgelegt hatte, als er nach dem Abendessen zum Spiel kam. «Nein, es geht schon viel besser. Ich habe meine Perspektive wieder. Alles, was man braucht, ist eine Perspektive.»

«Ich würde dich aber gern noch begleiten.»

«Nein. Du brauchst jetzt Schlaf. Ich gehe hin und haue mich gepflegt fünf Stunden aufs Ohr, bevor es losgeht.»

«So früh?»

«Ja. Um die Zeit gibt es für dich noch gar kein Licht, bei dem du filmen kannst. Da kannst du genausogut im Bett bleiben.» Er holte einen Briefumschlag aus seinem Lederjacke und legte ihn auf den Tisch. «Nimm doch bitte diesen Kram an dich und schicke ihn an meinen Bruder in N. Y. Seine Adresse steht auf der Rückseite.»

«Gern. Aber das wird nicht nötig sein.»

«Nein», sagte er. «Jetzt wahrscheinlich noch

nicht. Aber es sind ein paar Fotos und so, die hätten sie sicher gern. Er hat eine nette Frau. Willst du ihr Foto sehen?»

Er zog es aus der Tasche. Er hatte es im Ausweis bei seinen Papieren.

Auf dem Foto war ein hübsches, brünettes Mädchen, das neben einem Ruderboot an einem Seeufer stand.

«In den Catskill Mountains», sagte Al. «Yeah. Er hat eine nette Frau. Sie ist ein jüdisches Mädchen. Ja», sagte er. «Laß mich nicht schon wieder rührselig werden. Bis dann, Kleiner. Nur die Ruhe. Ich versichere dir, es geht mir jetzt wieder gut. Und es ging mir gar nicht gut, als ich heute nachmittag hierhergekommen bin.»

«Laß mich mitkommen.»

«Nein. Vielleicht kriegst du Schwierigkeiten, wenn du über die Plaza de España zurückkommst. Ein paar von den Typen sind nachts etwas nervös. Gute Nacht. Wir sehen uns morgen abend.»

«Das klingt schon besser.»

Oben, in dem Zimmer über mir, machten Manolita und der Engländer einen Heidenlärm. Also hatte man sie offensichtlich nicht verhaftet.

«Genau. Das klingt schon besser», sagte Al. «Manchmal dauert es allerdings drei bis vier Stunden, bis es so klingt.»

Er hatte jetzt den über dem Scheitel gepolsterten Lederhelm aufgesetzt, und sein Gesicht sah dunkel aus, und ich bemerkte die dunklen Mulden unter seinen Augen.

«Wir sehen uns morgen abend bei Chicote», sagte ich.

«Genau», sagte er, und dabei sah er mich nicht an. «Wir sehen uns morgen abend bei Chicote.»

«Wieviel Uhr?»

«Komm, das genügt», sagte er. «Morgen abend bei Chicote. Wir brauchen uns doch nicht auf eine Uhrzeit festzulegen.» Und er ging hinaus.

Wenn man ihn nicht ziemlich gut gekannt hätte, und wenn man nicht das Terrain gesehen hätte, auf dem er morgen angreifen mußte, hätte man meinen können, er sei sehr wütend über etwas. Ich glaube, er war tatsächlich irgendwo im Innern wütend, und zwar sehr wütend. Man ärgert sich über vieles, und wenn man sterben soll, noch dazu nutzlos, dann ist das ein guter Grund, wütend zu werden. Aber wahrscheinlich ist es gar nicht so übel, vor einem Angriff wütend zu sein.

Hinter der Front

In der Hitze des Tages kamen wir im Staubwind mit trockenem Mund, verklebter Nase und schwerbeladen aus der Schlacht herunter auf den langgestreckten Hügelrücken oberhalb des Flusses, wo die spanischen Reserveeinheiten lagen.

Ich setzte mich mit dem Rücken gegen die Wand des flachen Grabens, Hinterkopf und Schultern an der Erde, in Deckung nun auch vor verirrten Geschossen, und schaute auf das, was unter uns in der Senke lag. Da war die Tankreservestellung: die Tanks mit abgehackten Olivenbaumästen zugedeckt. Links davon standen mit Schlamm beschmierte und mit Ästen getarnte Stabsfahrzeuge, und dazwischen wand sich eine lange Reihe von Männern, die Krankentragen schleppten, durch die Rinne hinunter zu der ebenen Fläche am Fuß des Rückens, wo die Ambulanzen beladen wurden. Packmaultiere, mit Brotsäcken und Weinfäßchen und Munition beladen, wurden von ihren Treibern durch die Rinne heraufgeführt, und zwischen ihnen kamen Männer mit leeren Tragen langsam den Pfad herauf.

Rechts drüben, gleich unterhalb des geschwungenen Hügelkamms, konnte ich den Eingang der Höhle erkennen, in der der Brigadestab arbeitete; Telefonkabel waren durch die Decke der Höhle und im Bogen weiter über den Erdrücken hinweg verlegt, in dessen Schutz wir lagen.

Meldefahrer, in Lederuniform, Helm auf dem Kopf, fuhren durch den Einschnitt der Rinne hinauf und hinunter, oder sie schoben ihre Räder mit laufendem Motor, wo es zu steil war, und ließen sie neben dem Einschnitt stehen, um zu Fuß zu der Höhle hinaufzugehen und gebückt in ihr zu verschwinden. Während ich hinsah, kam ein Fahrer aus der Höhle, den ich kannte, ein langer Ungar, schob Papiere in seine Meldetasche, ging zu seiner Maschine hinüber, schob sie durch den Strom der Mulis und Krankenträger, schwang ein Bein über den Sattel und donnerte gleich darauf in einer Staubwolke oben über den Hügelrücken davon.

Unten markierte grünes Laubwerk den Flußlauf jenseits der Ebene, auf der die Ambulanzen ankamen und wieder abfuhren. Auf der anderen Seite des Flusses lagen ein großes Haus mit rotem Ziegeldach und ein graües Brecherwerk, und unter den Bäumen, die das große Haus umstanden, blitzte das Mündungsfeuer unserer Artillerie auf. Sie schossen genau in unsere Richtung: erst ein Doppelblitz, dann das kurze, heisere Bang-Bang der 10,5-Kanonen und dann das anschwellende Orgeln, mit dem die Granaten herankamen und über unsere

Köpfe hinwegrauschten. Wie üblich hatten wir zu wenig Artillerie. Da unten lagen nur vier Batterien, wo wir vierzig gebraucht hätten, und die feuerten jeweils nur mit zwei Geschützen. Der Angriff war schon gescheitert, ehe wir heruntergestiegen waren.

«Seid ihr Russen?» fragte mich ein spanischer Soldat.

«Nein, Amerikaner», sagte ich. «Hast du 'n Schluck Wasser?»

«Ja, Genosse.» Er reichte mir einen schweinsledernen Wasserbeutel.

Die Leute von diesen Reserveeinheiten waren kaum Soldaten zu nennen – eigentlich nur, weil sie Uniform trugen. Sie sollten nicht im Angriff eingesetzt werden, und sie flegelten sich in dieser Auffangstellung unterhalb der Kammlinie des Hügelrückens herum, hockten in Gruppen beieinander, aßen, tranken, schwatzten oder saßen einfach stumpf-abwartend da. Der Angriff wurde von einer Internationalen Brigade vorgetragen.

Wir tranken beide. Das Wasser schmeckte nach Teer und Schweinsborsten.

«Wein ist besser», sagte der Soldat. «Ich hole Wein.»

«Ja. Aber für den Durst Wasser.»

«Es gibt keinen Durst wie den in der Schlacht. Sogar hier in der Reservestellung hab ich großen Durst.»

«Das ist die Angst», sagte ein anderer Soldat. «Durst ist Angst.»

«Nein», sagte ein Dritter. «Angst macht immer Durst. Aber in der Schlacht kriegst du Durst, auch wenn du keine Angst hast.»

«Jeder hat Angst in der Schlacht», sagte der erste Soldat.

«Du schon.»

«Das ist ganz normal», sagte der erste Soldat.

«Bei dir.»

«Halt dein dreckiges Maul», sagte der erste Soldat. «Ich bin einfach ein Mann, der die Wahrheit sagt.»

Es war ein strahlender Apriltag und sehr windig, so daß jedes Muli, das aus der Rinne kam, eine Staubwolke aufwirbelte, und jeder der Männer vor und hinter den Tragbahren wirbelte eine Staubwolke auf, die sich mit der des andern vereinigte, und über die Ebene unten wehten die langen Staubfahnen der Ambulanzen und trieben mit dem Wind davon.

Ich war ganz sicher, daß es mich an diesem Tag nicht erwischen würde, denn wir hatten am Morgen gute Arbeit geleistet, und in der ersten Angriffsphase hätte es uns eigentlich zweimal erwischen müssen, aber es war gutgegangen, und das hatte mich zuversichtlich gemacht. Das erste Mal, das war, als wir mit den Tanks nach oben vorgerückt waren und uns die Stelle ausgesucht hatten, von der aus wir den Angriff filmen wollten. Dann hatte ich plötzlich ein ungutes Gefühl, und wir postierten uns mit der Kamera ungefähr zweihundert Meter weiter links. Unmittelbar bevor wir aufbrachen, hatte ich die Stelle noch auf die älteste bekannte Art markiert, und keine zehn Minuten später war genau dort, wo ich gewesen war, eine schwere Granate krepiert, und nichts ließ mehr darauf schließen, daß sich dort je ein menschliches Wesen aufgehalten hatte. Da war nur noch ein großes, scharf umrissenes Loch in der Erde.

Dann, zwei Stunden später, hatte sich ein vor kurzem vom Bataillon zum Stab abkommandierter polnischer Offizier erboten, uns die Stellungen zu zeigen, die die Polen gestürmt hatten; aus dem Schutz einer Geländefalte heraus liefen wir geradewegs in Maschinengewehrfeuer und mußten auf dem Bauch, die Nase im Dreck und das Kinn an der Erde, zurückkriechen. Zugleich machten wir die traurige Entdeckung, daß die Polen an diesem Tag gar keine Stellungen gestürmt hatten, sondern noch ein wenig hinter ihren Ausgangspunkt zurückgefallen waren. Und jetzt lag ich in Deckung des Grabens, naßgeschwitzt, hungrig und durstig und innerlich ausgehöhlt von der inzwischen überstandenen Gefahr des Angriffs.

«Seid ihr wirklich keine Russen?» fragte ein Soldat. «Es sind heute Russen dabei.»

«Ich weiß. Aber wir sind keine Russen.»

«Du hast das Gesicht von einem Russen.»

«Nein», sagte ich. «Du irrst dich, Genosse. Ich habe ein ziemlich komisches Gesicht, aber es ist nicht das Gesicht eines Russen.»

«Der hat das Gesicht von einem Russen.» Er deutete auf den anderen von uns beiden, der an einer Kamera herumbastelte.

«Vielleicht. Aber trotzdem ist er kein Russe. Wo kommst du denn her?»

«Extremadura», sagte er stolz.

«Gibt es Russen in Extremadura?» fragte ich.

«Nein», erklärte er, noch stolzer. «Es gibt keine Russen in Extremadura, und es gibt keine Leute aus Extremadura in Rußland.»

«Wie denkst du denn politisch?»

«Ich hasse alle Ausländer», sagte er.

«Das ist ja ein breites politisches Programm.»

«Ich hasse die Mauren, die Engländer, die Franzosen, die Italiener, die Deutschen, die Nordamerikaner und die Russen.»

«In dieser Reihenfolge?»

«Ja. Das heißt, die Russen hasse ich vielleicht am meisten.»

«Mann, du hast interessante Ideen», sagte ich. «Bist du Faschist?»

«Nein. Ich bin aus Extremadura, und ich hasse Ausländer.»

«Er hat sehr ausgefallene Ideen», sagte ein anderer Soldat. «Nimm ihn nicht so wichtig. Was mich angeht, ich mag Ausländer. Ich bin aus Valencia . . . Nimm bitte noch einen Becher Wein.»

Den Messinggeschmack des Weins noch im Mund, streckte ich die Hand aus und nahm den Becher. Ich sah den Mann aus Extremadura an. Er war groß und hager. Sein Gesicht war hager und unrasiert, und seine Wangen waren eingefallen. In seiner Wut stand er bolzengerade da, seine Decke wie ein Cape um die Schultern.

«Zieh den Kopf ein», sagte ich zu ihm. «Da kommen öfter mal verirrte Kugeln rüber.»

«Ich habe keine Angst vor Kugeln, und ich hasse alle Ausländer», sagte er verbissen.

«Du brauchst ja keine Angst vor Kugeln zu haben», sagte ich, «aber in der Reservestellung solltest du dich ihnen nicht aussetzen. Es ist nicht sehr intelligent, verwundet zu werden, wenn's nicht sein muß.»

«Ich habe vor überhaupt nichts Angst», sagte der aus Extremadura.

«Da hast du aber Glück, Genosse.»

«Es ist wahr», sagte der andere, der mit dem Weinbecher. «Er hat keine Angst, noch nicht mal vor den *aviones*.»

«Er ist verrückt», sagte ein dritter Soldat. «Jeder hat Angst vor Flugzeugen. Sie treffen wenig, jagen einem aber große Angst ein.»

«Mir nicht. Weder die Flugzeuge noch sonstwas», sagte der aus Extremadura. «Und ich hasse alle Ausländer, die es gibt.»

Neben zwei Krankenträgern kam ein hochgewachsener Mann die Rinne herunter. Er trug die Uniform der Internationalen Brigaden und eine gerollte, in Hüfthöhe zusammengeschnürte Decke über der Schulter. Er schien seine Umgebung überhaupt nicht wahrzunehmen. Er hielt den Kopf hoch und kam daher wie ein Schlafwandler. Er war mittleren Alters. Er trug kein Gewehr, und von dort, wo ich lag, sah es nicht so aus, als sei er verwundet.

Ich beobachtete ihn, wie er da so allein herunterkam und aus dem Krieg herausmarschierte. Bevor er die Stabsfahrzeuge erreichte, wandte er sich nach links und verschwand, noch immer den Kopf so seltsam hoch erhoben, hinter der Kammlinie des Erdrückens.

Der, der mit mir gekommen war, hatte gerade neue Filme in die Handkameras eingelegt und ihn nicht bemerkt.

Eine einzelne Granate kam über den Kamm; knapp vor der Reservestellung der Tanks stieg eine Fontäne aus Dreck und dunklem Qualm auf.

Jemand streckte den Kopf aus der Höhle des Brigade-Gefechtsstands und verschwand wieder nach drinnen. Ich dachte, das ist ein guter Ort, da sollten wir hin, aber ich wußte, daß alle da drinnen jetzt wütend waren, weil der Angriff gescheitert war, und ich wollte ihnen nicht unter die Augen kommen. Wenn eine Operation erfolgreich war, dann waren sie heilfroh, wenn sie Filmmaterial bekamen. Wenn aber etwas schiefging, hatten sie alle eine solche Wut, daß man Gefahr lief, unter Arrest nach hinten geschickt zu werden.

«Vielleicht decken sie uns jetzt ein», sagte ich.

«Das ist mir egal», sagte der Mann aus Extremadura.

Er ging mir allmählich auf die Nerven, der Mann aus Extremadura. «Habt ihr noch einen Schluck Wein übrig?» fragte ich. Mein Mund war immer noch trocken.

«Klar, Mann. Wir haben -zig Liter davon», sagte der nette Soldat. Er war untersetzt und sehr schmutzig; er hatte große Fäuste und Bartstoppeln, die etwa so lang waren wie die kurzgeschorenen Haare auf seinem Kopf. «Du meinst, sie decken uns jetzt ein?»

«Sollten sie eigentlich», sagte ich. «Aber in diesem Krieg weiß man ja nie.»

«Was ist mit diesem Krieg?» fragte der aus Extremadura ärgerlich. «Hast du was gegen diesen Krieg?»

«Halt jetzt den Mund!» sagte der nette Soldat. «Ich hab hier das Kommando, und die Genossen sind unsere Gäste.»

«Dann verbiete ihnen, was gegen unseren Krieg zu sagen», sagte der aus Extremadura. «Ausländer, die was gegen unseren Krieg sagen, haben hier nichts verloren.»

«Aus welcher Stadt kommst du, Genosse?» fragte ich ihn.

«Badajoz», sagte er. «Ich bin aus Badajoz. In Badajoz haben die Engländer, die Franzosen und jetzt die Mauren geplündert und unsere Frauen vergewaltigt. Was die Mauren jetzt getan haben, ist auch nicht schlimmer als das, was die Engländer unter Wellington taten. Solltest du mal was darüber lesen. Die Engländer haben meine Urgroßmutter umgebracht. Die Engländer haben das Haus angezündet, in dem meine Familie lebte.»

«Das tut mir leid», sagte ich. «Warum haßt du die Nordamerikaner?»

«Die Nordamerikaner haben meinen Vater umgebracht, in Kuba, als er dort seinen Militärdienst ableistete.»

«Auch das tut mir leid. Aufrichtig leid, glaub mir. Und warum haßt du die Russen?»

«Weil sie die Vertreter der Tyrannei sind und ich ihre Visagen hasse. Du hast eine russische Visage.»

«Wir sollten vielleicht besser abhauen», sagte ich zu dem, der bei mir war und der kein Spanisch sprach. «Ich habe offenbar das Gesicht eines Russen, und deswegen kriege ich gleich Ärger.»

«Ich hau mich hin und schlafe», sagte er. «Mir gefällt's hier. Red nicht so viel, dann kriegst du auch keinen Ärger.»

«Da ist ein Genosse, der hat was gegen mich. Ich glaube, er ist Anarchist.»

«Na, dann paß auf, daß er dich nicht über den Haufen schießt. Ich hau mich hin.»

In diesem Augenblick tauchten aus der Rinne zwei Männer in Lederjacken auf und kamen auf uns zu; der eine war klein und untersetzt, der andere mittelgroß; beide hatten Zivilmützen auf und breite Gesichter mit hohen Wangenknochen. Die Holzfutterale ihrer Mauserpistolen hatten sie am Oberschenkel festgezurrt.

Der Größere sprach mich auf französisch an. «Habt ihr einen französischen Genossen vorbeikommen sehen?» fragte er. «Einen Genossen mit einer Decke über der Schulter wie einen Patronengurt? Einen Genossen, ungefähr fünfundvierzig, fünfzig Jahre alt? Habt ihr einen solchen Genossen in der Richtung weg von der Front gehen sehen?»

«Nein», sagte ich, «einen solchen Genossen habe ich nicht gesehen.»

Er sah mich einen Moment an, und ich bemerkte, daß seine Augen gelblich-grau waren und überhaupt nicht zwinkerten.

«Danke, Genosse», sagte er in seinem komischen Französisch; dann redete er schnell in einer Sprache, die ich nicht verstand, auf seinen Begleiter ein. Sie gingen weiter und kletterten auf den höchsten Punkt des Kammes, von wo sie freie Sicht in alle Rinnen hatten.

«Da habt ihr das wahre Gesicht des Russen», sagte der aus Extremadura.

«Halt den Mund!» sagte ich. Ich beobachtete die Lederjackenmänner. Sie standen da, mitten im Feuer, und suchten mit den Augen sorgfältig das zerrissene Gelände ab, das unterhalb des Kammes zum Fluß hin abfiel.

Plötzlich entdeckte der eine von ihnen, was sie gesucht hatten. Die beiden rannten los wie Jagdhunde, einer in der Fallinie, der andere im Winkel dazu, wie um jemand den Weg abzuschneiden. Ehe der zweite hinter der Kammlinie verschwand, konnte ich noch sehen, wie er seine Pistole zog und beim Rennen vor sich hielt.

«Und wie gefällt dir das?» fragte der aus Extremadura.

«So wenig wie dir», sagte ich.

Jenseits des parallel verlaufenden Hügelkamms hörte ich das nervöse Bellen der Mauserpistolen. Mehr als ein Dutzend Schüsse; sie mußten das Feuer aus zu großer Entfernung eröffnet haben. Nach der Ballerei entstand eine Pause, und dann fiel ein einzelner Schuß.

Der aus Extremadura sah mich mürrisch an und sagte nichts. Ich dachte, alles würde einfacher sein, wenn ihre Artillerie endlich zu schießen anfinge. Aber die fing nicht an.

Die beiden mit den Lederjacken und den Zivilmützen kamen nebeneinander wieder über den

Erdrücken und hielten auf die Rinne zu. Sie hatten jenen eigenartigen, in den Knien durchfedernden Gang, in dem sich zweibeinige Lebewesen an steilen Hängen bergab bewegen. Sie erreichten die Rinne, als gerade ein Tank rasselnd und klappernd herunterkam, und traten zur Seite, um ihn vorbeizulassen.

Die Tanks hatten es an diesem Tag wieder nicht geschafft; jetzt kamen sie von oben zurück. Die Männer mit den Lederhelmen, die aus den hier unten, im Schutz des Erdrückens, geöffneten Turmluken schauten, starrten ausdruckslos geradeaus wie Football-Spieler, die ausgewechselt worden sind, weil sie gekniffen haben.

Die beiden mit den breiten Gesichtern und den Lederjacken standen nahe bei uns, um den Tank vorbeizulassen.

«Habt ihr den Genossen gefunden, den ihr gesucht habt?» fragte ich den größeren auf französisch.

«Ja, Genosse. Danke sehr», sagte er und musterte mich eingehend.

«Was sagt er?» fragte der aus Extremadura.

«Er sagt, sie haben den Genossen gefunden, den sie suchten», erklärte ich ihm. Der Mann aus Extremadura sagte nichts.

Wir waren den ganzen Vormittag dort gewesen, von wo sich der Franzose abgesetzt hatte. Wir hatten den Staub, den Qualm und den Lärm erlebt,

Verwundung und Tod und Angst vor dem Tod, Tapferkeit und Feigheit, den Irrwitz und das Stekkenbleiben des scheiternden Angriffs. Wir waren auf diesem Sturzacker gewesen, den keiner lebend überquerte. Du schmeißt dich hin, platt auf den Bauch; du wirfst einen kleinen Erdwall auf, um deinen Kopf zu schützen; du bohrst das Kinn in den Dreck und wartest auf den Befehl, den Hang hinaufzurennen, auf dem keiner lebend oben ankommt.

Wir waren bei denen gewesen, die dalagen und auf die Tanks warteten, die nicht kamen – warteten unter dem schrillen Heranorgeln und dem brüllenden Bersten der Granaten, die Dreckfontänen aus Metallbrocken und Erde aufsteigen ließen unter dem knatternden, flüsternden Vorhang des Infanteriefeuers. Wir wußten, was die Wartenden empfanden. Sie waren vorgegangen, so weit man vorgehen konnte. Wer weiterging, wenn der Befehl kam, überlebte nicht.

Wir waren den ganzen Vormittag dort gewesen, wo der Franzose weggegangen war. Ich konnte verstehen, wie ein Mann schlagartig erkennen mag, daß es unsinnig ist, bei einem gescheiterten Angriff zu sterben; wie er plötzlich ganz klar sieht – so klar, wie man die Dinge unmittelbar vor dem Tod sieht –, wie hoffnungslos das alles ist und wie idiotisch . . . Ich konnte verstehen, wie ein Mann, der sieht, wie es wirklich ist, einfach aufsteht und weggeht, wie es der Franzose getan hatte. Das mußte nicht Feigheit sein; er konnte weggegangen sein, weil er zu klar gesehen, weil er plötzlich gewußt hatte, daß er weggehen mußte, daß es das einzig Richtige war.

Der Franzose war mit großer Würde aus dem Angriff zurückgekommen, und ich konnte ihn als Mensch verstehen. Als Soldat hingegen hatten ihn diese Männer von der Militärpolizei verfolgt und gestellt, und der Tod, dem er entgangen war, hatte ihn eingeholt, als er gerade den Hinterhang erreicht hatte und, sicher vor den verirrten Kugeln und dem Artilleriefeuer, zum Fluß hinunterschritt.

«Und das . . .» sagte der Mann aus Extremadura zu mir und wies mit dem Kopf zu den Militärpolizisten.

«. . . ist Krieg», sagte ich. «Im Krieg geht es nicht ohne Disziplin.»

«Sollen wir vielleicht sterben, um unter dieser Art von Disziplin zu leben?»

«Ohne Disziplin sterben wir sowieso alle.»

«Es gibt Disziplin und Disziplin», sagte der aus Extremadura. «Hör mir mal zu. Im Februar, da lagen wir genau hier, wo wir jetzt liegen, und die Faschisten griffen an. Sie vertrieben uns von dem Hochland, das ihr Internationalen heute zu nehmen versucht habt und nicht nehmen konntet. Wir zogen uns bis hierher zurück, bis zu diesem Hügelrücken. Die Internationalen kamen herauf und gingen weiter vorn in Stellung.»

«Ich weiß», sagte ich.

«Aber das weißt du nicht», fuhr er zornig fort. «Da war ein Junge aus meiner Provinz, der kriegte Angst, als sie Bomben warfen. Da schoß er sich, weil er Angst hatte, in die Hand, damit er nach hinten gehen konnte.»

Die anderen Soldaten hörten jetzt alle zu. Mehrere nickten.

«Solche Leute werden verbunden und sofort wieder nach vorn geschickt», fuhr der aus Extremadura fort. «Das ist richtig so.»

«Ja», sagte ich. «So muß es sein.»

«So muß es sein», sagte der aus Extremadura. «Aber den Jungen hatte es so bös erwischt, daß die ganzen Knochen kaputt waren, und im Nu war alles entzündet, und sie haben die Hand amputiert.»

Mehrere Soldaten nickten.

«Los, erzähl ihm den Rest», sagte einer.

«Vielleicht sprechen wir lieber nicht darüber», sagte der Unrasierte mit den kurzgeschorenen Haaren, der vorhin gesagt hatte, er habe das Kommando.

«Es ist meine Pflicht, zu sprechen», sagte der Mann aus Extremadura.

Der, der das Kommando hatte, zuckte mit den Schultern. «Mir gefiel das auch nicht», sagte er.

«Mach schon weiter. Aber ich hab's nicht gern, wenn darüber gesprochen wird.»

«Der Junge war also seit Februar im Lazarett da unten im Tal», sagte der Mann aus Extremadura. «Ein paar von uns haben ihn im Lazarett gesehen. Alle sagen, sie haben ihn gemocht im Lazarett, und er hat sich nützlich gemacht, so gut das ein Mann mit einer Hand kann. Er ist nie unter Arrest gestellt worden. Er war vollkommen unvorbereitet.»

Der, der das Kommando hatte, gab mir wieder einen Becher Wein, ohne etwas zu sagen. Alle hörten zu – so, wie Männer, die nicht lesen und schreiben können, einer Geschichte zuhören.

«Gestern, gegen Abend, als wir noch nichts von dem Angriff wußten ... Gestern, als wir noch dachten, morgen wird es so sein wie an jedem Tag, vor Sonnenuntergang – da brachten sie ihn auf dem Pfad durch die Rinne herauf. Wir kochten gerade das Abendessen, da brachten sie ihn. Sie waren nur zu viert: Paco, der Junge; die beiden mit den Lederjacken und den Mützen, die du gerade gesehen hast, und ein Offizier von der Brigade. Wir haben die vier die Rinne heraufkommen sehen, und wir haben gesehen, daß Paco die Arme frei hatte. Er war nicht gefesselt.

Als wir ihn sahen, liefen wir zusammen. ‹Hallo, Paco›, sagten wir, ‹wie geht's dir, Paco? Wie geht's, wie steht's, Paco, alter Junge?›

Da sagte er: ‹Alles in Ordnung – bis auf das . . .› Und er zeigte uns den Armstumpf.

Paco sagte: ‹Das war feige und dumm von mir. Es tut mir leid, daß ich das gemacht habe. Aber ich will versuchen, mich auch mit einer Hand nützlich zu machen. Ich will mit einer Hand für unsere Sache tun, was ich kann.›»

«Ja», unterbrach ein Soldat, «das hat er gesagt. Ich hab gehört, wie er das gesagt hat.»

«Wir haben mit ihm gesprochen», sagte der aus Extremadura, «und er hat mit uns gesprochen. Wenn solche Leute mit Lederjacken und Pistolen kommen, das ist im Krieg immer ein schlechtes Zeichen – genauso wie die mit den Kartentaschen und den Feldstechern. Aber wir dachten noch, sie hätten ihn zu einem Besuch gebracht, und alle, die nicht im Lazarett gewesen waren, freuten sich, ihn zu sehen, und wie gesagt, es war Abendessenszeit, und der Abend war klar und warm.»

«Dieser Wind, der hat erst in der Nacht angefangen», sagte ein Soldat.

«Dann», fuhr der Mann aus Extremadura düster fort, «sagte einer von *denen* auf spanisch zu dem Offizier: ‹Wo ist die Stelle?›

‹Die Stelle, wo dieser Paco seine Verwundung abgekriegt hat?› fragte der Offizier.»

«Ich habe ihm geantwortet», sagte der, der das Kommando hatte. «Ich hab ihm die Stelle gezeigt. Ein bißchen weiter unten als da, wo ihr jetzt seid.»

«Hier ist die Stelle», sagte ein Soldat. Er deutete hin, und es war mir klar, daß es die Stelle war. Genau die Stelle.

«Dann führte einer von ihnen Paco an die Stelle; er hielt ihn am Arm, während der andere etwas auf spanisch sagte. Er sprach spanisch, aber mit vielen Fehlern. Wir fanden das zuerst komisch, und Paco mußte lächeln. Ich konnte nicht alles verstehen, was er sagte, aber es ging darum, daß Paco bestraft werden, daß an ihm ein Exempel statuiert werden mußte, damit es keine weiteren Selbstverstümmelungen gibt, und alle anderen würden genauso bestraft werden.

Dann hielt der eine Paco am Arm fest, und Paco, der sich schon vorher geschämt und sein Verhalten bedauert hatte, schämte sich nach dieser Ansprache offensichtlich noch mehr, und unterdessen zog der andere seine Pistole und schoß Paco in den Hinterkopf, ohne ein Wort zu ihm zu sagen. Ohne überhaupt etwas zu sagen.»

Die Soldaten nickten alle.

«Genauso war es», sagte einer. «Du kannst die Stelle sehen. Da ist er auf die Schnauze gefallen – du kannst es sehen.»

Ich hatte die Stelle von da, wo ich lag, deutlich genug gesehen.

«Ohne Warnung», sagte der, der das Kommando hatte. «Und ganz unvorbereitet . . . Es war sehr brutal.»

«Und deswegen hasse ich jetzt die Russen genauso wie alle anderen Ausländer», sagte der Mann aus Extremadura. «Wir dürfen uns keine Illusionen über Ausländer machen . . . Es tut mir leid, wenn du ein Ausländer bist. Aber ich kann keine Ausnahmen machen. Wir haben miteinander Brot gegessen und Wein getrunken. Jetzt, finde ich, solltest du gehen.»

«Sag doch nicht so was», sagte der, der das Kommando hatte, zu dem Mann aus Extremadura. «Man muß sich doch an die Anstandsregeln halten.»

«Ich denke, wir gehen besser», sagte ich.

«Du bist doch nicht verärgert?» sagte der, der das Kommando hatte. «Ihr könnt hier bleiben, so lange ihr wollt. Hast du Durst? Möchtest du noch Wein?»

«Vielen Dank», sagte ich. «Ich denke, wir gehen besser.»

«Verstehst du meinen Haß?» fragte der Mann aus Extremadura.

«Ich verstehe deinen Haß», sagte ich.

«Gut», sagte er und streckte die Hand aus. «Ich verweigere den Handschlag nicht. Und dir persönlich viel Glück.»

«Dir auch», sagte ich. «Persönlich, und als Spanier.»

Ich weckte den, der die Kamera bediente, und wir machten uns auf den Weg zum Brigadegefechtsstand. Die Tanks kamen gerade zurück und machten einen Krach, daß man sein eigenes Wort nicht verstehen konnte.

«Hast du die ganze Zeit geredet?»

«Zugehört.»

«War's interessant?»

«Kann man wohl sagen.»

«Was hast du jetzt vor?»

«Zurück nach Madrid.»

«Wir sollten zum General gehen.»

«Ja», sagte ich, «müssen wir.»

Der General war von kalter Wut erfüllt. Er hatte Befehl gehabt, den Angriff überraschend vorzutragen, mit nur einer Brigade, die vor Tagesanbruch die Ausgangsstellungen erreichen sollte. Er hätte mindestens eine Division gebraucht. Er hatte drei Bataillone eingesetzt und eines in Reserve behalten. Der französische Panzerkommandeur hatte sich Mut angetrunken und war am Ende zu betrunken für seinen Auftrag gewesen. Sobald er wieder nüchtern war, sollte er erschossen werden.

Die Tanks waren zu spät oben angekommen und hatten sich schließlich geweigert, vorzugehen, und zwei Bataillone hatten ihre Angriffsziele nicht erreicht. Das dritte hatte es geschafft, hatte sich jedoch, von drei Seiten eingeschlossen, nicht halten können. Das einzige greifbare Ergebnis hatte in ein paar Gefangenen bestanden, die von der Tankeinheit nach hinten gebracht werden sollten, und die

Tankbesatzungen hatten sie umgelegt. Der General hatte nur Mißerfolge vorzuweisen, und seine Gefangenen hatten sie umgelegt.

«Was kann ich darüber schreiben?» fragte ich.

«Nichts, was nicht im offiziellen Frontbericht steht ... Haben Sie Whisky in der großen Flasche?»

«Ja.»

Er nahm einen Schluck und leckte sich gründlich die Lippen. Er war einmal Rittmeister in einem ungarischen Husarenregiment gewesen, und als Führer einer Partisanen-Kavallerieeinheit der Roten Armee hatte er in Sibirien einen mit Gold beladenen Güterzug erobert und bei vierzig Grad unter Null den ganzen Winter über verteidigt. Wir waren gute Freunde, und er trank gern Whisky, und jetzt ist er tot.

«Macht, daß ihr wegkommt», sagte er. «Habt ihr Fahrgelegenheit?»

«Ja.»

«Habt ihr filmen können?»

«Ein bißchen. Die Tanks.»

«Die Tanks», sagte er bitter. «Die Schweine. Die Feiglinge ... Passen Sie auf, daß Sie heil rauskommen», sagte er. «Es heißt ja, Sie sind Schriftsteller.»

«Ich kann jetzt nicht schreiben.»

«Schreiben Sie's später. Später können Sie das alles schreiben. Und kommen Sie heil raus. Das vor allem: Kommen Sie heil raus. Und machen Sie, daß Sie wegkommen.»

Er konnte sich an seinen eigenen Rat nicht halten, denn zwei Monate danach ist er gefallen. Aber das Sonderbarste an diesem Tag war, wie wunderbar die Aufnahmen von den Tanks geraten waren. Auf der Leinwand sahen sie unwiderstehlich aus, wie sie über den Hügel kamen, wie mächtige Schiffe über die Kämme rollten und rasselnd der Illusion des Sieges entgegenkrochen, die wir gefilmt hatten.

Dem Sieg am nächsten war an diesem Tag wahrscheinlich der Franzose, der hocherhobenen Hauptes der Schlacht den Rücken gekehrt hatte. Aber sein Sieg hielt nur vor, bis er den Hügelrücken zur Hälfte hinabgestiegen war. Wir sahen ihn auf dem Hang liegen, lang ausgestreckt, die Decke noch über der Schulter, als wir durch die Rinne hinuntergingen zu dem Stabswagen, der uns nach Madrid bringen sollte.

Bibliographische Hinweise

Alle vier Erzählungen wurden dem Band Ernest Hemingway: «The Fifth Column and Four Stories of the Spanish Civil War», New York 1969, entnommen, der zusätzlich zu den Stories das Theaterstück «The Fifth Column» (deutsch unter dem Titel «Die fünfte Kolonne», Reinbek bei Hamburg 1969) enthält.
Die ersten drei Erzählungen, für die Zeitschrift *Esquire* geschrieben, entstanden im Herbst 1938 in Paris, die Erzählung «Under the Ridge», für *Cosmopolitan* geschrieben, entstand Anfang 1939 in Key West und Havanna.

«The Denunciation» («Die Denunziation»), zuerst in *Esquire* 10 (1938) veröffentlicht,

«The Butterfly and the Tank» («Der Schmetterling und der Tank»), zuerst in *Esquire* 10 (1938) veröffentlicht,

Ernest Hemingway
Gesammelte Werke

Hemingway hat die moderne Weltliteratur mitgeprägt wie kaum ein anderer Schriftsteller dieses Jahrhunderts.
Diese Ausgabe der «Gesammelten Werke» enthält: Die Sturmfluten des Frühlings / Fiesta / In einem andern Land / Haben und Nichthaben / Wem die Stunde schlägt / Über den Fluß und in die Wälder / Der alte Mann und das Meer / Inseln im Strom / 49 Stories / Die fünfte Kolonne / Tod am Nachmittag / Die grünen Hügel Afrikas / Paris – ein Fest fürs Leben / 49 Depeschen / Die Nick Adams Stories.
Vorwort von Rolf Hochhuth
Chronik und Bibliographie

3616 Seiten und 64 Bildtafeln
Bibliophile Leinenausgabe auf Dünndruckpapier in 6 Bänden.
Taschenbuchausgabe in 10 Bänden.

Rowohlt